Un príncipe en la ciudad

Jennifer Lewis

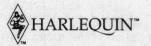

HARLEQUIN™

Editado por HARLEQUIN IBÉRICA, S.A.
Núñez de Balboa, 56
28001 Madrid

I.S.B.N.: 978-84-671-7371-0
Depósito legal: B-28675-2009
Editor responsable: Luis Pugni
Preimpresión y fotomecánica: M.T. Color & Diseño, S.L.
C/. Colquide, 6 portal 2 - 3º H. 28230 Las Rozas (Madrid)
Impresión y encuadernación: LITOGRAFÍA ROSÉS, S.A.
C/. Energía, 11. 08850 Gavá (Barcelona)
Fecha impresion para Argentina: 15.3.10
Distribuidor exclusivo para España: LOGISTA
Distribuidor para México: CODIPLYRSA
Distribuidores para Argentina: interior, BERTRAN, S.A.C. Vélez
Sársfield, 1950. Cap. Fed./ Buenos Aires y Gran Buenos Aires,
VACCARO SÁNCHEZ y Cía, S.A.
Distribuidor para Chile: DISTRIBUIDORA ALFA, S.A.

Capítulo Uno

–No te puedes ir.

Sebastian Stone, príncipe heredero de Caspia, había hablado con tanta autoridad y convicción que, por un momento, Tessa Banks se lo había creído.

Los rasgos faciales de su jefe, que era muy guapo, parecían reflejar una emoción más fuerte de lo normal. El príncipe, que estaba sentado a su mesa en el despacho de Manhattan, se pasó una mano por el pelo y se puso en pie.

Tessa sintió que el estómago le daba un vuelco. Era la ansiedad. Sí, pero también el deseo que despertaba en ella aquel hombre.

«No daré mi brazo a torcer. Es mi vida», pensó.

Así que tomó aire profundamente.

–Llevo siendo su secretaria personal casi cinco años. Le agradezco la libertad y la responsabilidad que me ha dado, pero ha llegado el momento de seguir adelante.

–¿Seguir adelante? –se indignó el príncipe–. Esto no es una caravana de gitanos. Es una empresa y cuento contigo para que me ayudes a llevarla.

Tessa tuvo que hacer un gran esfuerzo para

no comentar que Caspia Designs tenía mucho de caravana de gitanos, ya que aquel conglomerado de marcas de lujo era colorido, extravagante y tradicional. Seguro que una bola de cristal les habría dado mejor información que aquellos libros de contabilidad tan «creativos» que llevaban.

No abrió la boca porque era evidente que su jefe no estaba de buen humor.

Sebastian cruzó el despacho, tomó los documentos que había en su bandeja de asuntos pendientes y se los entregó a Tessa.

–Por favor, conciértame una cita para mañana por la mañana con Reed Wellington. Quiero consultar con él los planes que tengo para la empresa –le dijo hojeando el correo–. Y también quiero que busques a otra mujer que se encargue de cuidar mi piso –añadió frunciendo el ceño.

¿Acaso pretendía ignorar que le había dicho que se iba?

Tessa sintió que el enfado y la desesperación se apoderaban de ella mientras se quedaba allí, de pie, en silencio.

Su jefe sacudió la cabeza mientras estudiaba un documento. Probablemente, algo que no encajaba en la contabilidad. Tessa habría preferido no irse en aquellos momentos, pues era cierto que Sebastian necesitaba ayuda para sacar adelante la empresa.

Aquella empresa había sido muy prestigiosa en el pasado, pero cuando su padre, el rey, se la

4

había entregado había descubierto que era un caos.

Tessa pensó que lo que tenía que hacer, dado el poco interés que su jefe mostraba ante sus necesidades, sería dejarlo tirado y que se las apañara como pudiera.

Sin embargo, las cosas se debían de haber puesto feas de verdad. Para empezar, Sebastian había llegado vestido de traje cuando, normalmente, iba vestido de manera informal. Le gustaban las camisetas de las marcas que habían abierto tienda en su querida Caspia. Fendi, Prada o Gucci. Le daba igual, se ponía las camisetas con los logos para celebrar el acuerdo.

Aquel día, sin embargo, se había puesto un traje gris marengo.

Tessa se dijo que debería estar contenta, pues aquello la ayudaba a no tener que fijarse en sus impresionantes bíceps.

Claro que en aquel momento estaba demasiado enfadada como para fijarse en aquellas cosas.

–Me voy a vivir a California dentro de dos semanas. Si lo prefiere, me puedo ir inmediatamente.

Sebastian maldijo en voz baja, pero no levantó la mirada. Pasó una página del informe que Tessa le había entregado y se concentró en una columna de números.

Tessa parpadeó, intentando mantener la calma.

Después de todo aquel tiempo, no era más que otro mueble de la oficina, como la silla Aeron, la mesa de color platino o las estanterías, un objeto sencillo y funcional sin vida propia.

–Adiós –le dijo con voz trémula mientras iba hacia la puerta.

Para salir del despacho tuvo que pasar por encima de una de las cajas de cartón que contenían aquellos interminables informes que la habían consumido durante el último mes, incluyendo tres fines de semana enteros.

La verdad era que ya había dado suficiente al servicio del príncipe heredero de Caspia.

–¿Adónde vas?

La voz de Sebastian reverberó por toda la estancia, desde el suelo hasta el techo del edificio del siglo XIX.

–¡Si se molestara en escucharme, sabría que me voy a California! –exclamó Tessa.

Era la primera vez que le levantaba la voz y él se sorprendió.

Sebastian dejó el informe sobre la mesa.

–Tessa, no lo dirás en serio.

–¿Por qué? –le preguntó dubitativa.

–Porque te necesito.

Aquellas palabras le llegaron al alma, pero Tessa se dijo que tenía que mantener la calma y no dar su brazo a torcer.

Ojalá fuera cierto, ojalá fuera verdad que la necesitaba, a ella como mujer, y no como secretaria que se encargaba de todo con tal eficiencia que parecía invisible.

Pero no era cierto.

Había supermodelos y actrices de Hollywood

y de Bollywood que se le colgaban literalmente del cuello.

Tessa lo sabía de buena tinta, pues era ella misma la que atendía sus llamadas.

–Tessa –le dijo Sebastian yendo hacia ella–. Sabes que estoy perdido sin ti.

La estaba mirando a los ojos. Aquellos ojos grandes, oscuros y ligeramente rasgados podían hacer que Tessa hiciera casi cualquier cosa.

Sintió que el corazón comenzaba a latirle de manera acelerada.

«Lo está diciendo solamente para que no me vaya y lo deje en la estacada», pensó.

Aun así…

–Voy a cumplir treinta años el mes que viene –le dijo.

–¿Y eso qué tiene que ver? –se extrañó el príncipe.

Qué típico. ¿Por qué le iba a importar a su jefe que quisiera casarse, tener hijos, formar una familia y tener una vida de verdad?

Tessa pensó que era mejor no decirle nada de aquello, que era mejor irse con dignidad.

–Que ha llegado el momento de cambiar –contestó.

–Tessa –dijo Sebastian cruzándose de brazos y mirándola fijamente–. Si no estás satisfecha con tu puesto, me lo dices inmediatamente. ¿Es por el sueldo? Te lo subo ahora mismo.

–No, no es nada de eso.

Tessa dudó. Estaba nerviosa, pues no quería que el príncipe se diera cuenta de que, precisamente, él era parte de la razón por la que necesitaba irse.

Sebastian Stone, apodado «el príncipe de Manhattan» por la prensa sensacionalista de Nueva York, le recordaba constantemente lo que no tenía en la vida.

Sobre todo, porque apenas se fijaba en ella.

–Me siento como si estuviera estancada. La vida se me escapa y yo no hago nada…

–¿Y te parece que California es la tierra prometida?

–No, no es eso, pero necesito aire nuevo –contestó Tessa liberándose de su mirada y paseándose por el despacho.

El corazón le latía desbocado.

–¿Te han ofrecido otro trabajo?

–No –contestó Tessa apartándose un mechón de pelo de la cara–. Todavía no tengo trabajo en California. Ya lo buscaré cuando llegue.

–Entonces, ¿por qué te vas a California? ¿No será por un hombre?

Tessa se quedó helada.

–Sí, la verdad es que es por un hombre.

Sebastian dudó.

Una sensación extraña se había apoderado de él.

–Vaya, no sabía que estuvieras saliendo con alguien.

–Bueno, usted es mi jefe, no tiene por qué estar enterado de mi vida privada.

–Sí, pero también somos amigos, ¿no? Me lo podrías haber dicho. Me podrías haber advertido que te habías enamorado y que estabas a punto de irte y de abandonarme.

–Ha estado en Caspia durante tres meses y no lo he visto. Además, no es que me haya pedido que me case con él ni nada por el estilo, así que tampoco hay mucho que contar –añadió pasándose una mano por su preciosa melena rubia y larga.

De repente, Sebastian sintió que el deseo se mezclaba con la irritación.

–¿Así que te ha pedido que te vayas a vivir con él a la otra punta del país, pero no te ha pedido que te cases con él? –se indignó.

–No es eso –contestó Tessa sonrojándose.

–¿De quién se trata?

–Se llama Patrick Ramsay –contestó–. Es abogado. Llevamos saliendo unos meses y le han propuesto trabajar en un bufete de Los Ángeles. Hace dos días me pidió que me fuera con él.

–¿Y le dijiste que sí? –explotó Sebastian indignado e incrédulo.

Tessa cruzó el despacho en dirección a la puerta.

–Le dije que me lo tenía que pensar. Me lo he pensado y he decidido que el cambio me vendrá bien –contestó sin mirarlo.

–Te equivocas –le aseguró Sebastian.

Tessa se giró hacia él y lo miró con sus enormes ojos verdes.

–Me siento culpable por irme y dejarlo con todo, al cargo de la empresa ahora que hay tanto trabajo, pero me pregunto si no será mi última oportunidad.

Sebastian se preguntó cómo era posible que una mujer tan guapa y con tanto talento estuviera dispuesta a jugárselo todo a una carta.

–Lo cierto es que su nombre me suena.

–Sí, es bastante famoso porque representó a Elaina Ivanovic en su divorcio.

Sebastian dio un respingo.

–¿Es ése abogado de divorcios? –se indignó.

Lo había visto en la televisión y le parecía que aquel hombre no tenía escrúpulos.

Tessa asintió, apartó la mirada y se puso a pasearse por el despacho de nuevo.

–La verdad es que es muy agradable. Tiene mucho trabajo, por supuesto, pero es amable y comprensivo y… ¡ay!

Tropezó con una caja y cayó de bruces al suelo.

–¿Te has hecho daño? –le preguntó Sebastian corriendo hacia ella.

–No, estoy bien. Qué torpe –contestó Tessa sonrojándose de pies a cabeza mientras aceptaba la mano que Sebastian le tendía para ayudarla a ponerse en pie–. Esto me pasa por dejar cajas por todas partes. Antes de irme, las dejaré pegadas a la pared.

–De eso, nada –contestó Sebastian sin soltarle la mano.

No quería que Tessa se fuera. Era la mejor secretaria que había tenido. Ahora que pasaba mucho tiempo en Europa, necesitaba una persona de total confianza al otro lado del Atlántico y Tessa había demostrado ser una mujer inteligente y con iniciativa en la que se podía confiar con los ojos cerrados.

Sebastian le confiaba todo, desde sus asuntos personales hasta el vergonzoso estado financiero de la empresa.

Tessa intentó retirar la mano, pero él no se lo permitió.

—Tessa, eres indispensable para mí. ¿Qué puedo hacer para que te quedes?

Tessa lo miró a los ojos y Sebastian percibió su emoción. Era evidente que Tessa quería hablar, pero no encontraba las palabras. ¿Por qué no se había fijado nunca en lo expresiva que resultaba su boca o en que su piel tenía un brillo iridiscente que se parecía a la arena dorada del desierto?

Aprovechando que Sebastian se había quedado relajado mirándola, Tessa retiró la mano y dio un paso atrás.

—No quiero nada —anunció.

—Pues yo, sí —contestó Sebastian impulsivamente.

Le daba pena ver a Tessa paseándose por su despacho como un potro salvaje que galopaba directamente hacia el desastre.

Aquella mujer no podía irse, tenía que quedarse con él. Lo había pensado con tanta convicción que hasta él mismo se sorprendió.

¿Sería porque sentía celos al imaginársela con otro hombre?

Posiblemente.

Tessa se inclinó para recoger la caja que la había hecho tropezar, pero la espalda le dolió porque pesaba demasiado.

–Deja eso ahí –le dijo Sebastian acercándose a ella, tomando la caja y apoyándola contra la pared–. No quiero que te hagas daño –le dijo mirándola de reojo mientras colocaba otra caja contra la pared.

Tessa enarcó una ceja y lo miró indignada.

–Aunque estoy delgada, tengo fuerza –le aseguró.

Como para demostrarlo, tomó una caja y la dejó junto a la que él acababa de colocar. A continuación, se limpió el polvo de las manos y se las puso en las caderas, lo que hizo que Sebastian se fijara en su cuerpo, que parecía un reloj de arena.

Al instante, sintió que el deseo se apoderaba de él.

–Si sigues haciendo estas cosas, no voy a poder permitir que te vayas –comentó sonriendo.

Tessa sonrió también.

–No me puedo quedar –recapacitó, sin embargo.

Sebastian se fijó en que le latía una vena en la base del cuello y tuvo que hacer un gran esfuerzo para no besarla.

–Me temo que no puedo permitir que te vayas.

Aquello hizo reír a Tessa.

–¿Qué es eso de que no puedes permitir que me vaya? –exclamó, tuteándolo por primera vez–. ¿Acaso vas a hacer que me corten la cabeza? Te recuerdo que, aunque seas príncipe, no puedes dirigir la vida de una mujer.

–Te aseguro que jamás se me ocurriría mandar que te cortaran la cabeza –se rió Sebastian–. Por favor, quédate los quince días de rigor. Es la costumbre cuando se deja un trabajo, ¿no? –añadió–. Quiero que vengas a Caspia conmigo –improvisó.

–Oh.

Sebastian se dio cuenta de que a Tessa se le habían iluminado los ojos.

Bien.

–Quiero que convoques inmediatamente una reunión con los ejecutivos de la empresa, llama a los coordinadores de cada marca. Los quiero a todos aquí. Cueste lo que cueste.

Sebastian esperó su reacción. Tessa se limitó a asentir.

–La verdad es que cuando acepté este trabajo lo hice pensando que, a lo mejor, me tocaría viajar, así que acepto encantada la invitación para ir a Caspia antes de abandonar la empresa.

¿Nunca la había llevado a Caspia? No, no la debía de haber llevado porque, de haberlo hecho, se acordaría de aquella melena rubia mecida por la brisa del mar. Para Sebastian, viajar se había convertido en algo que hacía por obligación.

–Nos iremos mañana en mi avión privado. Tenlo todo arreglado para las dos de la tarde –anunció.

A medida que el plan se le iba ocurriendo e iba

tomando forma, Sebastian sintió que la energía comenzaba a brotar. Durante aquel viaje, conseguiría que Tessa se olvidara de aquel picapleitos especializado en divorcios que quería arrebatársela.

Por supuesto, no tenía ningún interés personal en ella, ya que se tomaba tanto los negocios como el placer muy en serio, lo que significaba que había que mantenerlos estrictamente separados.

Pero los encantos de Caspia combinados con algún que otro encanto por su parte harían que Tessa se diera cuenta de que dejar Caspia Designs era una locura.

Capítulo Dos

Sebastian sintió cierto alivio mientras le estrechaba la mano a su viejo amigo. Reed Wellington era de esos hombres con los que uno podía contar en momentos de crisis, pues sus ojos azules jamás reflejaban preocupación.

–Siento mucho no haber podido irme contigo a hacer snowboard al Kilimanjaro, pero a Elizabeth le pareció una locura –se disculpó.

El comentario hizo reír a Sebastian.

–Ése es el problema de estar casado, que tienes que vivir con alguien que realmente se preocupa por ti.

–Sí, y que tienes que dejar de tirarte desde lo alto de las montañas –contestó su amigo sonriente–. ¿Y tú cuando te vas a casar?

–Nunca o cuando encuentre a la mujer adecuada, lo que ocurra primero –contestó Sebastian.

Solían hacerle aquella pregunta a menudo.

–Desde luego, nadie puede decir que no estés intentando conocer a todas las mujeres del mundo, porque te acuestas con todas las que se te ponen por delante.

–Me limito a cumplir con mis deberes reales.

–Hablando en serio, ¿no te sientes presionado? Deberías tener un heredero para el trono de Caspia, ¿no?

–Intento no pensar en ello y, además, los caspianos vivimos más de cien años y mi padre sólo tiene sesenta.

–Debe de ser por la leche de cabra, ¿eh?

–Ya sabes que la alimentación es la base de la salud.

Aquello los hizo reír a ambos, pero Sebastian se dio cuenta de que su amigo se reía de manera un tanto forzada. ¿Por qué la gente que se había casado siempre intentaba convencer a los demás de que lo hicieran a pesar de que no eran completamente felices?

–Supongo que habrás venido para que hablemos de Caspia Designs –le dijo Reed haciéndole un gesto para que se sentara.

–Así es –contestó Sebastian tomando asiento–. Necesito que me asesores. Me temo que la situación económica de la empresa es peor de lo que yo imaginaba.

–¿Por qué lo dices? –le preguntó Reed poniéndose serio.

–Antes de que yo me hiciera cargo de la empresa hace un año, la llevaba Deon Maridis, un viejo amigo de mi padre. Es un buen hombre, pero los beneficios de ventas se fueron al garete durante su gestión –le explicó Sebastian–. El año pasado incluso tuvimos pérdidas.

–¿Cómo? Confieso que las marcas de lujo no son mi especialidad, pero Caspia Designs tiene algunas de las marcas mejores del mundo. Los coches Aria, las joyas Bugaretti, el champán Le Verge, las maletas Carriage Leathers... Por cierto, le regalé una a mi mujer el año pasado por Navidad y casi me arruino –recordó riéndose–. ¿Cómo es posible que perdierais dinero?

Sebastian se echó hacia delante.

–Es cierto que las empresas que conforman la multinacional tienen buena fama desde que se fundó la empresa en 1920, pero se han quedado ancladas en aquella época. No han cambiado. Los métodos de producción están obsoletos, no son eficaces y no se ha hecho ningún esfuerzo por atraer a nuevos clientes. Hoy en día, hay muchas personas que se dedican a diseñar joyas de lujo, bodegas que hacen buenos vinos y la mayoría de ellos tienen mejores canales de distribución y de mercadotecnia que nosotros. Quiero darle la vuelta a mis empresas y que comiencen a operar de verdad. Además, quiero llegar a un público más joven.

–Entonces, te vendría bien cambiar los nombres, como han hecho Burberry y Mini Cooper.

–Exacto.

–Bueno, tú eso ya lo estás haciendo con Caspia –sonrió Reed.

Sebastian se sintió orgulloso.

–Es cierto. Hace diez años, mi país no tenía turismo, nadie lo visitaba y pocas empresas se interesaban por él.

–Pero ahora tenéis hoteles, tiendas de lujo y restaurantes para que los turistas se dejen el dinero –apuntó Reed–. Y eso lo has conseguido prácticamente tú solo.

–La verdad es que mi secretaria, Tessa, también ha tenido mucho que ver –contestó Sebastian–. Es una maestra de la organización.

–Tienes suerte de que trabaje para ti.

–Lo sé –contestó Sebastian apretando los puños al pensar que Tessa quería abandonarlo–. Quiero que Caspia Designs dé dividendos a los accionistas.

–Seguro que te sale bien.

–Seguro que sí, pero estoy acostumbrado a construir desde cero, no a reconstruir algo que no funciona. Necesito que me asesores para reactivar las empresas del grupo.

–Bien –contestó Reed quedándose pensativo–. Yo en tu lugar, comenzaría convocando una reunión con los presidentes de todas las empresas que componen Caspia Designs. Convócalos a todos y léeles la cartilla.

–Ya le he dicho a Tessa que convoque esa reunión.

–Excelente. Debes decirles que tienen que reflexionar y poner por escrito diez formas de aumentar las ventas inmediatamente –contestó Reed.

A continuación, le dio una serie de ejemplos de empresas que habían tenido que hacer un cambio similar y que habían decidido contratar a directivos con experiencia o reinventar sus productos para introducirlos en el mercado.

–Podrías contratar a una consultoría. Te darían más ideas.

–Prefiero resolver nuestros problemas de manera interna. Estamos hablando de empresas que ofrecen productos de calidad. Lo único que les pasa es que se han dormido en los laureles. Sólo hay que despertarlas.

–Seguro que se despiertan. Cuando te propones algo, siempre lo consigues. Incluso hacer snowboard en el Kilimanjaro –comentó Reed sonriendo.

–Me habría encantado que vinieras –comentó Sebastian sinceramente.

–Ya… es que ahora tengo otros compromisos –contestó Reed apartando la mirada.

A Sebastian le pareció que sus ojos no reflejaban el mismo brillo de siempre.

–¿Qué tal está Elizabeth? Hace tiempo que no la veo. ¿Sigue siendo tu arma secreta en las pistas de tenis y el amor de tu vida?

–Por supuesto que sí –contestó Reed–. A ver si quedamos para jugar algún día contigo y con la chica de turno.

–Actualmente, juego solo. Tengo demasiado trabajo.

–Bueno, pues aunque no quedemos para jugar al tenis, tienes que venir a la fiesta de aniversario que vamos a dar.

–Hace tres años que os casasteis, ¿no?

–Cinco –contestó Reed apretando las mandíbulas.

Desde luego, no parecía que estuviera muy contento con su matrimonio.

–Muy bien –dijo Sebastian dándole una palmada en el hombro a su amigo y poniéndose en pie–. Dime dónde será y qué día y allí estaré. Y ya sabes que podéis venir a Caspia siempre que queráis.

–Te aseguro que me encantaría y que pronto me verás por allí, pero ahora mismo estoy muy liado porque estoy poniendo en marcha una nueva empresa. Le estoy dedicando más energía que la que solía dedicarle a salir de marcha contigo cuando éramos jóvenes.

–Yo sigo saliendo –comentó Sebastian.

–Tú siempre tuviste mucho aguante, pero algún día, conocerás a una mujer con la que te apetecerá quedarte en casa.

–Eso me decís todos, pero os aseguro que no tengo ninguna intención de sacar la bandera blanca todavía.

El portero le abrió la puerta y Sebastian entró en el vestíbulo del edificio en el que vivía.

Los dos perros blancos de Vivian Vannick-Smythe dejaron de escarbar en la alfombra persa, se giraron hacia él y le gruñeron.

Sebastian comprendía que no estuvieran de buen humor. Si aquella mujer lo llevara a él con correa todo el día, también estaría enfadado.

–¡Príncipe Sebastian! –exclamó Vivian girándose hacia él con una sonrisa encantadora.

¿O sería que se le había quedado aquella expresión facial después de tantas operaciones de cirugía plástica?

–Hola, Vivian.

–Cuánto me alegro de verlo. Hacía tiempo que no coincidíamos.

–He estado en Caspia.

–Ah –contestó la mujer mientras sus perros se frotaban con furia contra los pantalones de Sebastian–. Leí en la prensa que había habido unas tormentas espantosas en el Mediterráneo. Espero que no pasara nada en Caspia.

–Ha habido pérdidas en los olivares, pero no hubo que lamentar desgracias humanas.

–Menos mal. En los países atrasados suelen ocurrir las peores cosas.

–Caspia no es un país atrasado –contestó Sebastian indignado–. Es un país moderno que se está preparando para convertirse en uno de los mejores destinos turísticos de lujo del mundo.

–¡Con que pasión habla usted de su tierra!

Sebastian dio gracias porque el ascensor estuviera llegando. Las puertas se abrieron y Vivian entró en compañía de sus perros.

–¡Un momento! –gritó alguien desde el vestíbulo de mármol.

Sebastian se giró y vio que se trataba de Gage Lattimer. Para alivio de Sebastian, los perros de Vivian la tomaron con el recién llegado. Al igual que su dueña.

–Vaya, el hombre misterioso. Estaba hablando con el príncipe Sebastian –le dijo con su sonrisa petrificada–. Deberías tomarlo como modelo. Él vive manteniendo una imagen impecable.

¿Impecable? Sebastian tuvo que hacer un gran esfuerzo para no llevarse la mano a las mejillas. Le habían llamado muchas cosas, pero jamás le habían dicho que fuera impecable. ¿Lo diría por el traje?

Miró confuso a Gage.

–¿Lo dices por algo en concreto? –le preguntó el recién llegado a Vivian enarcando una ceja.

–¿Yo? –contestó ella con una risa forzada–. Claro que no. Los trapos sucios se lavan en casa.

Gage sacudió la cabeza.

A continuación, se instaló un incómodo silencio entre ellos, un silencio que sólo se veía interrumpido por los gruñidos de los perros. Cuando el ascensor llegó a su planta, Sebastian se sintió muy aliviado. Una vez allí, le abrió la puerta a Vivian, que salió en compañía de sus dos bolas de pelo gruñonas.

Por desgracia, vivían en la misma planta pero, afortunadamente, las paredes eran gruesas.

Los perros comenzaron a saltar de contento cuando vieron que su dueña buscaba las llaves de casa en el bolso. La verdad era que parecían adorables y Sebastian se agachó a su lado para acariciarlos. Uno de ellos se giró rápidamente y estuvo a punto de morderlo, así que Sebastian se metió en su casa a toda velocidad.

El apartamento era un caos.

Carrie Gray, la mujer que se había estado ocupando de cuidar la casa hasta entonces, había dejado el trabajo para casarse. No hacía mucho de aquello, pero ya había pilas de correo sin abrir por todas partes.

Sebastian abrió el primer sobre que encontró y leyó:

Estimado vecino:

Por la presente, se le invita cordialmente a la celebración que tendrá lugar con motivo de la declaración de patrimonio histórico de nuestro edificio.

Aquello lo hizo reír. Era cierto que el 721 de Park Avenue era un edificio muy bonito, pero no debía de tener más de cien años. El palacio real de Caspia tenía más de cinco mil.

Eso sí que era patrimonio histórico.

Sebastian volvió a dejar el sobre encima de la pila de correspondencia y alzó la pierna para pasar por encima de la maleta que había dejado en la entrada la noche anterior. Había ido directamente del aeropuerto al despacho para estar toda la noche trabajando y no había tenido tiempo de deshacer el equipaje.

Realmente era un fastidio no tener a nadie que se encargara de aquellas cosas.

Sebastian se dio cuenta de repente de que la maleta no estaba donde la había dejado y le pareció oír voces.

Sí, estaba oyendo voces femeninas, lo que resultaba muy interesante porque la noche anterior no había dormido con nadie.

Sebastian avanzó encantado hacia el salón. Allí vio una melena rubia que le resultaba de lo más familiar y que pertenecía a una mujer que estaba sentada en una incómoda silla del siglo XVIII.

–Hola, Tessa.

Tessa dio un respingo.

–Oh, Alteza, no le he oído llegar.

–¿Alteza? –se extrañó Sebastian enarcando una ceja.

–Estaba entrevistando a las candidatas para el puesto de cuidadoras –le explicó señalando a una chica pelirroja que estaba sentada frente a ella.

Sebastian sonrió a la desconocida y se dijo que siempre podía contar con que Tessa se hiciera cargo de cualquier cosa.

Tessa se excusó un momento y corrió detrás de Sebastian.

–He deshecho la maleta que he encontrado en la entrada. No sé si he colocado bien las cosas. Te lo voy a enseñar a ver qué te parece.

Se sentía repentinamente nerviosa, como una intrusa en su espacio privado. Normalmente, no solía ir mucho por allí, pues era otra mujer quien se encargaba de cuidar y limpiar la casa de Sebastian. Estaba avergonzada porque todavía no le había dado tiempo de ocuparse del correo.

–Se me ha ocurrido que el mejor lugar para entrevistar a las candidatas era aquí, para que vieran la casa que van a tener que cuidar. Lo digo por las antigüedades y esas cosas. Se puede saber mucho de una persona por cómo trata tu casa.

–Buena idea.

Tessa corrió pasillo adelante y Sebastian se preguntó por qué estaría tan nerviosa. A lo mejor, también estaba haciendo entrevistas con la idea de encontrar una sustituta para sí misma.

–La agencia tenía tres chicas y no quería hacerlas esperar. ¿Qué tal la reunión con Reed?

–Muy bien. Quería pedirle consejo para ver

cómo hacemos que Caspia Designs se convierta en una empresa del siglo XXI –contestó Sebastian–. La verdad es que con que se convirtiera en una empresa del siglo XX me conformaría.

Su sonrisa traviesa hizo que a Tessa le diera un vuelco el corazón.

–Todo va a salir bien. Seguro que consigues darle la vuelta a la empresa.

–Con tu ayuda –contestó Sebastian–. Para empezar, vamos a viajar a Caspia.

Tessa tragó saliva. Cuando había visto los informes financieros de Caspia Designs, se había enamorado del país, que parecía regido por la pasión en lugar de por la política, por la exuberancia en lugar de por la economía.

Exactamente igual que su guapísimo príncipe heredero.

Tessa se mordió el labio inferior.

Había reconsiderado su idea de dejar el trabajo, pues Sebastian le pagaba muy bien y la trataba fenomenal. Además, sus padres le habían dicho que estaba loca por dejar un trabajo con unos beneficios tan buenos, pero llevaba muchos años trabajando con personas ricas y famosas. Primero, como relaciones públicas de una empresa y ahora para Sebastian. Ya estaba harta de tanto glamour y tanto brillo.

Lo cambiaría gustosa por la sencillez y la felicidad que compartían sus padres después de casi cincuenta años casados.

Por alguna razón, ser alta y rubia le hacía atraer a los mayores estúpidos cada vez que entraba en algún sitio. Ya estaba harta de que hombres que sólo buscaban aventuras sexuales de una noche se fijaran en ella.

Los hombres normales nunca le pedían salir. Patrick era lo mejor que le había pasado en mucho tiempo. Era cierto que era un abogado de renombre, pero era pragmático y no se lo tenía creído. Llamaba cuando decía que iba a llamar, la invitaba a cenar cuando tenía tiempo y la trataba con respeto.

Una vez en su dormitorio, Sebastian se quitó la chaqueta y comenzó a desabrocharse la camisa. Tessa se apresuró a apartar la mirada.

–He colgado los pantalones y las camisas en el armario y he puesto… la ropa interior en el cajón.

Al decir aquello, se sonrojó. Haber tocado sus calzoncillos había sido una experiencia muy íntima.

–No tenías por qué hacerlo –contestó Sebastian.

Seguía desabrochándose la camisa y, cuando se la sacó del pantalón para desabrocharse los últimos botones, Tessa tuvo que hacer un gran esfuerzo para no salir corriendo.

No quería que Sebastian supiera que ver cómo se desvestía la afectaba tanto. Probablemente, estaría acostumbrado a desvestirse delante de… el servicio.

Seguro que no significaba absolutamente nada para él.

Ella no significaba absolutamente nada para él.

Tessa llevaba años diciéndose que la estúpida atracción que sentía por su jefe se desvanecería algún día, cuando conociera a otro hombre y se enamorara, pero todos los hombres que había conocido en aquel tiempo palidecían comparados con él.

Excepto Patrick, por supuesto. Él era comprensivo, amable y considerado. Todavía no quería tener hijos, pero todo llegaría. Quizás, cuando se hubieran instalado en una preciosa casa con árboles y jardín y…

Vaya, Sebastian se estaba desabrochando el botón de los pantalones.

Tessa se dirigió a la puerta.

—Las cosas de aseo las he dejado en el baño —comentó—. Me vuelvo a la entrevista —añadió con voz aguda.

En aquel momento, oyó el ruido que hacían los pantalones al deslizarse por los muslos de Sebastian.

—¿Ha mandado Dior las camisetas?

—Sí, las he puesto en… —contestó Tessa dándose cuenta de que iba a tener que volver a entrar en la habitación para indicarle el lugar.

Así lo hizo, pero tuvo mucho cuidado para no mirar a Sebastian, que a aquellas alturas estaba prácticamente desnudo.

—Aquí, en la estantería del medio —añadió poniendo la mano sobre el montón de camisetas que Dior le había mandado a Sebastian para celebrar el acuerdo que habían firmado para abrir una tienda en el puerto de Caspia.

A continuación, eligió una camiseta negra con un diseño geométrico y se la entregó sin mirarlo directamente. Desde donde estaba, percibía su olor. Sebastian olía a jabón y a sudor.

¿Cómo era posible que aquella mezcla la excitara?

Era un hombre normal y corriente. Patrick olía mucho mejor. Patrick siempre olía a colonia. La verdad era que Tessa odiaba la colonia que llevaba Patrick, pero ya le compraría otra.

—Tessa —la llamó.

Y ella se giró, sin pensar, en el momento en el que Sebastian se estaba poniendo la camiseta, elevando los brazos y metiéndosela por la cabeza, lo que le permitió fijarse en sus músculos y en su torso bronceado.

Al instante, sintió que le flaqueaban las rodillas.

«No pasa nada», se dijo, recordándose a sí misma que no le gustaban los tipos con demasiados músculos.

Ella prefería hombres más… cerebrales.

—¿Qué te parece? —le preguntó Sebastian señalando la camiseta que se acababa de poner y que marcaba sus maravillosos pectorales.

—El diseño es muy bonito —contestó Tessa con voz ecuánime a pesar de que Sebastian estaba en calzoncillos.

—Sí, esta nueva línea me gusta mucho. ¿Te has llevado unas cuantas para ti?

—No, no son mi talla. Demasiado grandes.

—Las puedes utilizar en la cama —murmuró Sebastian.

Tessa lo miró con los ojos muy abiertos y se sonrojó. ¿Sebastian estaba pensando en ella en la cama?

«Venga ya», se dijo.

Evidentemente, sabía que a las mujeres les gustaba dormir con camisetas grandes porque había dormido con muchas mujeres.

—Gracias, me llevaré un par.

—Muy bien —contestó Sebastian dedicándole una sonrisa encantadora.

Aquello la hizo ponerse alerta. ¿Por qué le sonreía sin motivo?

«Porque quiere que me quede, que siga organizándole todo y contestando el teléfono», se dijo.

—Voy a terminar la entrevista.

—Muchas gracias. Yo voy a salir a comer algo. ¿Quieres que te traiga alguna cosa?

—No, gracias.

Estaba de lo más encantador. Muy sospechoso.

Sebastian cruzó el dormitorio en calzoncillos y camiseta y se quedó mirando su impresionante colección de vaqueros.

—Hasta luego —le dijo Tessa saliendo a toda velocidad de la habitación.

El Park Café era el local más cercano a su casa, así que Sebastian solía ir mucho por allí cuando estaba en Nueva York. En primavera, había pasado varias semanas seguidas en la ciudad y había enseñado a una de las empleadas a preparar un café casi perfecto.

Sin embargo, cuando entró en el local, vio que todas las empleadas eran nuevas. El corazón se le cayó a los pies. Menos mal que vio a Reed y a Elizabeth Wellington sentados a una mesa. Los saludó con la mano y sonrió, pero ellos no lo vieron.

–¿Qué le pongo? –le preguntó la empleada del mostrador.

–Un sándwich de pollo con pan de centeno y salsa rosa y un expreso.

La chica desapareció. Parecía muy segura de sí misma y Sebastian se sintió aliviado, porque no lo había bombardeado a preguntas sobre lechuga, tomate y mayonesa.

Una vez a solas de nuevo, miró hacia la mesa que ocupaban sus amigos. Reed estaba echado hacia delante y hablaba en voz baja mientras que su esposa parecía muy tensa.

¿Estarían discutiendo?

La camarera volvió con un vaso de papel diminuto.

«Ya estamos otra vez», pensó Sebastian.

–Prefiero taza de porcelana, por favor. Ya estará frío. Caliéntemelo de nuevo –le indicó amablemente.

–¿Lo quiere con leche y azúcar?

–No, nada de leche ni azúcar ni de canela ni de vainilla ni de chocolate. Sólo café.

En aquel momento, llegó su sándwich, rebosante de lechuga, tomate y mayonesa.

Sebastian se pasó las manos por la cara.

Menos mal que pronto volvería a Caspia.

–¡No, no tienes ni idea! –exclamó en aquel momento una voz airada a sus espaldas.

Al girarse, vio que Reed se estaba poniendo en pie y que su mujer lo miraba horrorizada.

–Por favor, Reed… –oyó Sebastian que Elizabeth le decía.

Sebastian pagó lo que había pedido y volvió a girarse. Reed salía en aquel momento del restaurante con expresión enfadada. Alarmado, Sebastian miró hacia Elizabeth, que parecía muy sorprendida. Se apresuró a acercarse a su mesa y a sentarse sin esperar a que lo invitara.

–Elizabeth, ¿qué ocurre? –le preguntó compungido al ver que su amiga estaba al borde de las lágrimas.

–¡Nada! No pasa nada. Estoy bien –mintió Elizabeth–. Es la alergia. Tengo una alergia terrible. Me pasa todos los años –añadió tomando aire–. ¿Qué tal estás, Sebastian?

–En cuanto me haya tomado el café, muy bien –contestó Sebastian probando el brebaje–. ¿Quieres un chocolate? –añadió, porque era evidente que Elizabeth lo estaba pasando mal y quería ayudarla.

Aquello hizo reír a su amiga.

–El chocolate siempre sienta bien, ¿verdad? Te lo agradezco, pero no puedo. Tengo prisa –añadió colgándose el bolso del hombro con manos temblorosas–. Siento no tener tiempo para quedarme a conversar contigo, pero…

Sebastian se dio cuenta de que algo iba mal.

–No te preocupes, lo entiendo. Otra vez será –le dijo, porque era evidente que Elizabeth no quería hablar–. Elizabeth, si en alguna ocasión necesitas algo, lo que sea, por favor, llámame –le dijo poniéndose en pie y besándola en la mejilla.

La mujer de Reed asintió y se fue corriendo.

Qué extraño. Reed y ella siempre habían formado una pareja perfecta. Su boda había sido el evento social del año. Incluso Sebastian había contemplado la posibilidad de casarse, pues se les veía realmente felices.

Menos mal que la idea se le había olvidado un par de semanas después.

Menos mal que no lo había hecho.

Cinco años después de la boda habían llegado las discusiones, las tensiones y las lágrimas.

Desde luego, no parecía que el matrimonio fuera muy divertido.

Capítulo Tres

Sebastian estaba exultante mientras avanzaba por la pista hacia el avión.

–¡Tessa!

Al oír su voz, Tessa lo miró y sonrió.

–Hola, Sebastian.

Estaba de pie, dispuesta a subir unas escaleras mecánicas. El viento hacía que la tela del vestido se le pegara al cuerpo y Sebastian notó que le subía la tensión arterial.

Aquella mujer tenía unas piernas interminables, delgadas y bien formadas, unas piernas de ésas que agarraban a un hombre de la cintura y no lo soltaban hasta haber tenido un buen orgasmo.

Por supuesto, no tenía ninguna intención de acostarse con su secretaria.

Incluso él tenía límites.

Por lo menos, eso creía.

–¿Conoces a Sven, nuestro piloto? Ya verás lo bien que lleva el avión. No tienes motivo para preocuparte.

–Sí, se ha presentado él mismo. Y no estoy preocupada ni nerviosa, sino emocionada, porque me encanta volar y ver el mundo desde arriba.

–A mí, también –sonrió Sebastian tomándola del brazo y acompañándola con caballerosidad escaleras arriba.

Durante el vuelo, no le habló de trabajo en ningún momento. Quería que Tessa se relajara y lo pasara bien, quería que se divirtiera, que dejara de pensar que estaba aburrida en aquel puesto de trabajo y que necesitaba probar otras cosas.

–¿Champán? –le preguntó Sebastian sacando una botella del frigorífico.

–Pero son sólo las dos de la tarde –contestó Tessa.

–En Caspia son las ocho, así que podemos tomarnos una copita –contestó Sebastian quitando el corcho.

–Está bien, tú eres el jefe –contestó Tessa mordiéndose el labio inferior.

–Exacto, así que tienes que hacer lo que yo te diga –comentó Sebastian entregándole una copa–. Por tu primer viaje a Caspia –brindó.

–Es la primera vez que salgo de Estados Unidos –comentó Tessa muy emocionada.

–¿De verdad?

–Sí, he viajado por nuestro país, sobre todo a Los Ángeles, pero nunca he estado en Europa.

–¿No has ido a visitar a amigos ni nada? –le preguntó Sebastian extrañado.

No se lo podía creer. Conocía a varios compañeros que habían estudiado en el mismo internado que Tessa y se los encontraba normalmente esquiando en Gstaad, en las playas de la Provenza o en los bares de Wall Street.

Tessa dejó su copa sobre la mesa.

–Fui a St. Peter's con una beca –le explicó mirándolo a los ojos para ver su reacción–. En realidad, no soy uno de ellos.

–¿Uno de quién?

–Ya sabes, de la clase alta o como lo quieras llamar.

Estaba nerviosa, así que Sebastian hizo un gran esfuerzo para no reírse.

–Ya, pues no sé si te habrás dado cuenta, pero ahora mismo estás en un avión privado a punto de despegar.

–Ya, pero esto es trabajo –contestó Tessa haciendo un gesto con la mano como para restarle importancia.

Sebastian también dejó su copa sobre la mesa.

–No quiero que hablemos de trabajo. Eres vital para el crecimiento económico de Caspia. Si te quedas con nosotros, harás carrera –le dijo a modo de desafío personal.

Le encantaban los desafíos y quería que Tessa continuara trabajando para él.

–Abróchense los cinturones, por favor –les dijo el piloto por megafonía.

Sebastian se quedó observando cómo Tessa se abrochaba el cinturón. Tenía unos dedos largos magníficos y se encontró imaginándoselos volando sobre un arpa caspiana.

O sobre los músculos de su abdomen... yendo hacia abajo... entre sus piernas...

Sebastian se revolvió en el asiento, incómodo.

–Sven, ¿podrías bajar un poco la calefacción?

–¿No sería mejor que agarráramos las copas? –le preguntó Tessa mirándolo de reojo.

–Buena idea –contestó Sebastian entregándole la suya.

Al hacerlo, sus dedos se rozaron y se produjo una descarga eléctrica. Sebastian probó el champán y las burbujas incrementaron una curiosa sensación de anticipación.

Tessa se puso a mirar por la ventanilla mientras el avión despegaba y, poco después, sobrevolaba el océano.

–Nueva York es todo islas –se maravilló ella–. ¡Vaya, menuda playa! Es precioso verla desde aquí. ¡Mira, un barco de pesca! Nunca se me habría pasado por la cabeza que pescaran tan cerca de la ciudad, y mira la cantidad de piscinas que hay en Long Island. ¿Pero es que toda esa gente todavía no se ha dado cuenta de que tienen el mar al lado? –comentó con un brillo especial en los ojos.

Sebastian se dijo que visitar Caspia con Tessa iba a resultar muy divertido.

Tessa no pudo evitar sentirse un poco triste a medida que el avión fue acercándose a su destino final.

Habían sobrevolado Europa, había visto ciudades y pueblos iluminados y montañas nevadas a la luz de la luna. Aquella misma luna se reflejaba en la superficie del mar mientras aterrizaban en el aeropuerto de Caspia.

Estaba muy contenta a causa del champán y de la conversación que había mantenido con Sebastian. Lo cierto era que habían hablado de muchas cosas y Tessa no quería irse a dormir.

El avión aterrizó suavemente y Sebastian miró por la ventanilla.

–Mi conductor nos está esperando. En diez minutos estaremos en palacio.

Palacio.

Tessa sintió que el terror se apoderaba de ella.

Estaban hablando de un palacio de verdad, de un palacio en el que vivían un rey y una reina.

Tessa miró a Sebastian de reojo. En aquel momento, se estaba estirando. Al hacerlo, se le subió la camiseta y Tessa no pudo evitar fijarse en sus maravillosos y musculosos abdominales.

Se apresuró a apartar la mirada y se dijo que, además de ser un príncipe, era su jefe.

Cuando el piloto les abrió la puerta, Tessa sintió que el corazón comenzaba a latirle aceleradamente. Sebastian le hizo un gesto para que pasara primero, así que Tessa salió de la aeronave.

La recibió una brisa que olía a amar.

–Hogar, dulce hogar –comentó Sebastian respirando profundamente–. Cada vez me cuesta más irme de aquí y cada vez que vuelvo me encuentro mejor.

–Supongo que eso es bueno, porque en realidad no podrías irte definitivamente, ¿verdad?

A Tessa le resultaba muy extraño pensar que una persona pudiera crecer con la obligación ineludible de ser rey algún día. Sebastian no tenía elección.

–En realidad, nadie se va de Caspia para siempre. Incluso cuando te vas, te llevas un trozo de esta tierra en el corazón.

Lo había dicho con tanta gravedad que Tessa se giró hacia él para ver si estaba de broma.

Parecía que no.

–¡Dimitri! –saludó Sebastian a su conductor, que lo esperaba junto a una limusina negra–. Te presento a Tessa, mi mano derecha.

Dimitri la saludó con la cabeza mientras Tessa se daba cuenta de que la presentación que Sebastian había hecho de ella la había llenado de orgullo. Lo cierto era que no le habría importado ser la mano derecha de un cuerpo tan maravilloso.

La limusina los llevó al palacio, donde unos cuantos criados aparecieron de repente para hacerse cargo de su equipaje. Siguiendo un pasadizo iluminado con velas llegaron a un patio en el que había una fuente cantarina.

Allí, dos jóvenes les entregaron toallas húmedas y vasos de agua fresca. Tessa observó cómo Sebastian se pasaba la toalla por el rostro. Ella iba maquillada, así que la utilizó para mojarse la nuca.

El agua estaba deliciosamente dulce y Tessa se bebió el vaso de un trago. Al instante, uno de los jóvenes se lo rellenó.

–Gracias –murmuró Tessa antes de volver a beber.

«Así que así es como vive una persona a la que se lo dan todo hecho», pensó.

Se le hacía extraño, pero también era evidente que debía de ser muy fácil acostumbrarse a aquella vida.

Tessa intentó no reírse.

«Son los nervios», se dijo.

–Voy a acompañar a Tessa a sus aposentos –declaró Sebastian.

Tessa sintió que la piel se le ponía de gallina cuando Sebastian le pasó el brazo por la cintura y se encontró sonrojándose.

El suelo estaba cubierto por mosaicos y había columnas de piedra a lo largo de todo el pasillo. Avanzaron en silencio, rodeados por la oscuridad de la noche. Al final de otro pasillo, Sebastian abrió unas puertas dobles y Tessa se encontró en la habitación más gloriosa que había visto en su vida.

En el centro de la estancia había una enorme cama. Desde un punto central del techo caían cortinas de seda que cubrían la cama, confiriéndole un aire mágico.

–Espero que estés cómoda. Si necesitas cualquier cosa, utiliza la campana –le explicó Sebastian señalando una diminuta campana dorada que había sobre la mesilla de noche–. O llámame al móvil –añadió bostezando–. Me voy a dormir.

Dicho aquello, cerró la puerta y se fue.

Tessa se dio cuenta de repente de que no sabía dónde estaba su equipaje. Entonces, se le ocurrió mirar en el vestidor que había a la derecha y descubrió maravillada que su ropa estaba allí colgada.

Se acercó, tomó aire y comprobó que, efectivamente, era su ropa. Le habría gustado tener un camisón de seda y encaje, pues sería más adecuado para dormir en aquella cama. Su camisón blanco de algodón parecía el de una doncella. Pero era lo que tenía, así que se lo puso, se lavó la cara y se cepilló el pelo.

A continuación, se acercó al ventanal, corrió las cortinas, dejando que la pálida luz de la luna bañara el suelo de mosaico, se metió en la cama y recordó que tenía que llamar a Patrick.

Se lo había prometido. Le había dicho que lo llamaría en cuanto pusiera un pie en Caspia para decirle que había llegado bien. Patrick había insistido en saber con todo detalle su itinerario para poder contactar con ella en cualquier momento.

Él era así.

Se preocupaba por ella.

Seguro que no le importaría que lo llamara al día siguiente.

Tessa se despertó a las nueve de la mañana.

Oía voces al otro lado de la ventana. También oía cláxones de coches a lo lejos, conversaciones e incluso cascos de caballos.

Aquello la hizo levantarse de la cama a toda velocidad y acercarse a la ventana. Al asomarse, vio que brillaba el sol con fuerza.

–¡Vaya! –exclamó.

La habitación tenía una vista magnífica sobre la ciudad. Sobre las laderas de las colinas había edificios blancos muy sencillos de estructura orgánica que le hicieron pensar que debían de llevar allí tanto tiempo como la tierra sobre la que se hallaban.

Estaban construidos en cascada y bajaban hacia una bahía muy amplia. Había dos largos rompeolas que salían como dos brazos que dieran la bienvenida a los navegantes y que formaban un amplio espacio entre ellos, donde las aguas estaban muy tranquilas.

El efecto de aquella vista era increíble. Tessa tenía la sensación de estar en un país antiguo. No le habría extrañado nada ver a Helena de Troya entrando en el puerto en la cubierta de un navío con cien remeros.

Sin embargo, la vida moderna se mezclaba con el antiguo esplendor. Había coches bajando y subiendo desde el puerto a la colina y desde la colina al puerto. Las risas y una canción de Madonna se mezclaban con el canto de los pájaros que volaban entre los cipreses.

En aquel momento, sonó su teléfono móvil y Tessa se apresuró a contestar.

Era Patrick.

–Hola –lo saludó.

–Estaba muy preocupado. He llamado al aeropuerto por si había habido un accidente. ¿Por qué no me llamaste anoche?

–Porque llegamos muy tarde y estaba muy

cansada. Te agradezco mucho que te preocupes por mí, pero estoy bien.

–¿Te han dado una habitación para ti sola?

–No, estoy en el harén con todas las mujeres del rey –se rió Tessa–. Pues claro que tengo una habitación para mí sola, tonto –añadió al ver que Patrick no se reía–. Es muy bonita, pero no sé si me va a funcionar el secador de pelo.

–Ten mucho cuidado con el voltaje. Ya sabes que en otros países no es el mismo que aquí. Me preocupa que estés sola en un país que no conoces.

–No estoy sola. Estoy con Sebastian.

–Ya.

Cuando Tessa consiguió tranquilizar a Patrick y convencerlo de que no la iban a vender en el mercado de esclavos, se dio una ducha y comprobó que, efectivamente, su secador de mano no funcionaba, así que se secó el pelo con una toalla lo mejor que pudo.

Se estaba poniendo crema hidratante en la cara cuando oyó que llamaban discretamente a la puerta.

–Adelante –dijo un tanto nerviosa.

La puerta se abrió y pareció Sebastian en el umbral.

–Confío en que hayas dormido bien –la saludó.

–Muy bien –contestó Tessa apartándose un mechón de pelo mojado de la cara–. Esto es precioso.

Sebastian sonrió.

–Pues todavía no has visto nada. Vamos a desayunar –le dijo ofreciéndole el brazo.

Se había puesto una camisa blanca de lino con cuello mao y pantalones negros y tenía una imagen informal pero elegante a la vez que resultaba de lo más impresionante.

Pero, por supuesto, le importaba muy poco lo que su jefe se pusiera.

Cruzó la estancia mientras la falda de su vestido verde pálido le acariciaba las piernas y salió al pasillo de columnas en compañía de Sebastian, que la condujo a otra estancia amplia e iluminada en la que las paredes estaban pintadas con motivos festivos.

Tessa tuvo que hacer un gran esfuerzo para no quedarse mirando los frescos y saludar a las otras personas que había en el comedor. Se trataba de dos personas de mediana edad, un hombre y una mujer, que estaban sentadas a una mesa de mármol larga y blanca.

–Mamá, te presento a Tessa, mi secretaria de Nueva York.

La mujer se puso en pie. Se trataba de una mujer alta y elegante que llevaba el pelo, canoso, recogido en un moño bajo. Le ofreció una mano cargada de anillos y Tessa se apresuró a estrecharla.

–Encantada de conocerla –murmuró haciéndole una leve reverencia.

Era la reina.

–Y éste es mi padre –añadió Sebastian.

Tessa le estrechó la mano.

–Es un placer conocerlo, Majestad.

El monarca debió de darse cuenta de que Tessa estaba nerviosa, porque le dio una palmadita en la mano y la miró con cariño.

–El placer es mío, querida.

También tenía el pelo canoso, pero todavía había algún mechón de pelo negro sobre las sienes, lo que indicaba que lo debía de haber tenido tan oscuro como Sebastian.

–¿Qué delicias nos ha preparado la cocinera esta mañana? –comentó Sebastian levantando la tapadera de una fuente y probando un trozo de beicon–. Mmm –se relamió ofreciéndole una silla a Tessa enfrente de la reina.

Tessa se sentó con toda la elegancia de que fue capaz e inmediatamente se materializó una fuente frente a ella.

–Sírvete lo que quieras –le indicó la reina, que hablaba un inglés de acento británico perfecto–. Si lo que hay no te gusta, te pueden preparar otra cosa.

–Oh, no, no es necesario, todo tiene un aspecto buenísimo.

Tessa no tenía ningún apetito en presencia de aquellos tres miembros de la familia real. Ahora que no estaban en Estados Unidos, se daba cuenta de que Sebastian era verdaderamente un príncipe. Allí, jamás lo tenía en cuenta, pero rodeados del esplendor del palacio, era imposible no tenerlo presente.

Sebastian le ofreció varias fuentes y Tessa se sirvió un poco de cada una. Huevos revueltos con finas hierbas, panecillos de sésamo recién hechos, beicon crujiente y salchichas especiadas, melocotones y ciruelas frescas y yogur con miel.

–Tessa, ¿de qué parte de Estados Unidos eres? –le preguntó la reina.

–De Connecticut.

–Un estado precioso. ¿Vives cerca de Greenwich?

–Sí, muy cerca –contestó Tessa.

Geográficamente, muy cerca, pero económicamente estaba a un universo de distancia.

A Tessa no le gustaba nada decir de dónde era porque la gente adinerada daba por hecho inmediatamente que era una de los suyos y resultaba muy vergonzoso para todos cuando se daban cuenta de que no era así.

En esos momentos era cuando se daba cuenta de quiénes eran sus amigos de verdad. Lo cierto era que le había sorprendido que Sebastian ni hubiera pestañeado cuando le había dicho que había estudiado con beca.

Claro que a él ¿qué más le daba? Sólo era su secretaria.

–¿Y a qué se dedica tu padre, querida? –continuó la reina enarcando una ceja.

Vaya, aquello era como volver al colegio. La gente rica siempre era igual, en cualquier lugar del mundo.

–Está jubilado –contestó Tessa probando el zumo de naranja.

Le habría gustado decir «Ahora está jubilado,

pero era conserje. Sí, me ha oído bien, se dedicaba a limpiar el colegio. No era lo que esperaba, ¿eh?».

La falsa sonrisa de la reina no le ayudó en absoluto a tranquilizarse. De repente, deseó estar en casa, pero hizo todo lo que pudo para comportarse de manera normal y educada durante el desayuno. Cuando el rey y la reina se fueron, tuvo que hacer un gran esfuerzo para no dejarse caer en la butaca y suspirar de alivio.

–¿Más yogur? –le preguntó Sebastian.

–No, gracias –contestó Tessa–. Tendría que ponerme a trabajar ya. Te agradecería que me enseñaras dónde están los documentos que tengo que mirar. Quiero estudiarlos antes de la reunión.

–De eso, nada –contestó Sebastian poniéndose en pie–. Tenemos cosas mucho más importantes que hacer.

–¿Cómo qué?

–Quiero que veas mi país. ¿Más café?

–No, gracias, no quiero más. Si me bebo una taza más, salgo volando.

–Está bueno, ¿eh?

Tessa sonrió ante su entusiasmo.

–Buenísimo –contestó sinceramente–. ¿Podemos ir al puerto? –preguntó emocionada.

–Por supuesto que sí –contestó Sebastian tendiéndole la mano para ayudarla a levantarse.

Jamás hacía aquellas cosas en la oficina.

Tessa aceptó su mano y permitió que la ayudara a ponerse en pie. Sebastian no se movió cuando así lo hizo, así que Tessa se encontró peligrosamente cerca de su torso, percibiendo su olor.

Al instante, sintió que se le ponía la piel de gallina.

¿Por qué no se había movido?

–Estás muy guapa, Tessa –le dijo Sebastian fijándose en la ropa que llevaba.

–Gracias –contestó ella tragando saliva.

Normalmente, Sebastian no se fijaba en lo que se ponía. Para colmo, no le había soltado la mano.

¿Qué demonios se proponía?

Capítulo Cuatro

–Tienes el pelo ondulado –comentó Sebastian fijándose en que Tessa se lo había recogido con una horquilla.

Tessa se llevó la mano al pelo, que casi se le había secado.

–Sí, es que no he podido alisármelo porque no me funcionaba el secador.

Sebastian alargó el brazo y con un movimiento rápido le desabrochó la horquilla, haciendo que el pelo de Tessa cayera por su espalda, lo que lo hizo sonreír encantado.

–Deberías llevarlo siempre así –comentó guardándose la horquilla en el bolsillo–. No entiendo por qué las mujeres ocultáis la belleza natural de vuestro pelo.

–Porque queda más bonito alisado con secador.

–No estoy de acuerdo –objetó Sebastian acariciándoselo.

Tessa tuvo que hacer un gran esfuerzo para no protestar. ¡Aquello no era profesional en absoluto! Tessa sintió que un calor intenso se apoderaba de ella y tuvo que tragarse las ganas de ponerse a ronronear como una gata en celo.

¿Acaso había olvidado que tenía novio?

–¿Adónde me llevas? –le preguntó al comprobar que le tiraba de la mano.

–Al puerto –contestó Sebastian–. Voy a llamar por teléfono para que tengan el barco preparado –contestó sacándose el teléfono móvil del bolsillo.

«Hay que ver cómo viven algunos», pensó Tessa.

Tessa había supuesto que habría un chófer esperándolos con una limusina, pero abandonaron el palacio a pie, a través de una puerta con forma de arco por la que salieron directamente a un laberinto de callejuelas.

Se sorprendió todavía más al ver que Sebastian se paraba para saludar a ciudadanos normales y corrientes. Parecía conocer a todo el mundo por su nombre de pila y les preguntaba por su familia y por sus negocios como si fueran amigos de toda la vida.

Lo que se le hizo todavía más extraño fue que entendía un poco de lo que decían, a pesar de que nunca había aprendido el idioma que se hablaba allí. Al cabo de un rato, intentó saludar a un hombre.

–Hablas como uno de nosotros –le dijo Sebastian recompensándola con una gran sonrisa.

–¡Qué va! No hablo bien, pero muchas palabras se me hacen conocidas. ¿Cómo puede ser?

–¿Estudiaste latín en el colegio?

–Ya sabes que fui a St. Peter's –contestó Tessa chasqueando la lengua–. En todos los colegios pijos de la Costa Este les gusta enseñar latín.

–Por eso entiendes el caspiano. Nuestro idioma es un dialecto del latín que ha cambiado muy poco desde los tiempos del Imperio Romano. Lo único que hay que hacer es añadir una vocal al final de las palabras y hablas caspiano. Hay palabras que apenas han cambiado. Por ejemplo, *te amo* –le explicó Sebastian mirándola con ojos traviesos.

Tessa ignoró el calor que le inundó el pecho. ¡Sebastian estaba jugando con ella! Menudo caradura. Como había anunciado que dejaba el trabajo, creía que podía ligar con ella.

Te amo. Sí, claro. ¿Se creía que con eso iba a conseguir acostarse con ella? A lo mejor era que Sebastian quería vengarse de ella por dejar el trabajo y le parecía divertido seducirla para luego dejarla tirada, como ella iba a hacer con él.

Sebastian tenía fama de ser un gran seductor y Tessa suponía que debía de tener miles de teléfonos de mujeres en su agenda. Sabía que salía con actrices, modelos y diseñadoras de moda, por no mencionar a la tenista Andrea Raditz y a la jugadora de fútbol Leah Mannion. Y, por supuesto, había salido con la mitad de su promoción de la Brown University y con un montón de chicas británicas durante los años que había estudiado en Eton.

Había demasiadas mujeres en la vida de Sebastian y Tessa no quería convertirse en una más.

Cuando llegaron al final de una hilera de casas blancas, se encontró ante la preciosa bahía que había visto desde su dormitorio.

Desde allí, se percibía la brisa marina y la sal se mezclaba con el olor de los limones que vendían en un puesto cercano.

–Parece que esto no hubiera cambiado en dos mil años.

–Más o menos. En realidad, nadie sabe quién construyó este puerto. Lleva aquí toda la vida –sonrió Sebastian.

A continuación, se acercaron al agua, que era azul turquesa. Había un barco grande esperándolos y Sebastian saludó con la mano al capitán, que resultó ser un hombre joven y guapo.

Así que Tessa se encontró subiendo al barco flanqueada por dos caspianos guapísimos. Sebastian la siguió.

–Qué gusto estar de nuevo en el agua. Un caspiano de verdad no aguanta mucho en tierra firme –comentó–. Dino, danos una buena vuelta. Es la primera vez que Tessa viene a nuestro país –le indicó a su amigo.

–Madre mía, lo que se ha estado perdiendo –sonrió el joven.

–*Ita vero* –intervino Tessa en latín.

Sebastian sonrió.

–Haciendo gala de tus conocimientos, ¿eh?

–Por supuesto –contestó Tessa enarcando una ceja–. ¿Te importa?

Sebastian volvió a acariciarle el pelo.

–En absoluto –le dijo–. Me gustan las mujeres a las que no les da miedo demostrar lo que saben –murmuró.

Dino apartó la mirada y se concentró en sacar

el barco del puerto mientras Tessa sentía una mezcla de excitación y de confusión.

Era consciente de que se le habían endurecido los pezones y de que, al no llevar sujetador, se estarían marcando contra la tela del vestido.

–Qué piedras tan impresionantes –comentó para que Sebastian mirara hacia otro lado y no se diera cuenta de que estaba excitada–. ¿Cómo las trajeron hasta aquí?

–Los historiadores dicen que las trajeron en barcas de madera. Por lo visto, así trajeron también una estatua de oro gigante que había a la entrada del puerto.

–¿Y dónde está ahora?

–Algunos creen que está enterrada bajo la arena. Una vez, un equipo de arqueólogos intentó encontrarla, pero no pudo ser. A lo mejor ahora lo conseguirían porque la tecnología ha mejorado mucho.

–Podría ser una atracción turística muy interesante.

–Desde luego.

Conseguir cosas que atrajeran turismo a Caspia resultaba apasionante para Sebastian. Tessa lo sabía y, ahora que estaba en Caspia, lo entendía perfectamente.

–¿Cómo es posible que hasta ahora Caspia no haya sido un destino turístico de lo más solicitado con lo bonito que es?

–Durante mucho tiempo no tuvimos ni hoteles ni publicidad y, además, hablamos un idioma que nadie entiende –contestó Sebastian–. De hecho, todavía hay mucha gente que ni siquiera sabe dónde está Caspia –añadió mientras se quedaba mirando un velero que pasaba a su lado–. Tessa, ¿te suena ese hombre de algo?

Tessa se puso la mano sobre los ojos y miró. Se trataba de un hombre alto, bronceado y de pelo canoso que llevaba un polo amarillo. Lo reconoció porque lo había visto muchas veces en la televisión.

–Parece el senador Kendrick. ¿Qué hará por aquí?

Sebastian agarró un par de prismáticos.

–Eso me parecía a mí. Antes éramos vecinos, vivíamos en el mismo edificio –comentó asomándose por la borda–. ¡Michael! ¡Charmaine!

A los pocos minutos, Sebastian y Tessa estaban subiendo al yate de los Kendrick. Sebastian saludó al matrimonio con un beso en la mejilla y les presentó a Tessa, que estaba nerviosa.

–No me puedo creer que hayáis venido a Caspia y no me lo hayáis dicho –los reprendió Sebastian cariñosamente.

–Ha surgido sobre la marcha –contestó la señora Kendrick–. Ha sido una sorpresa. Michael quería hacerme un regalo por nuestro treinta aniversario de boda y me ha traído a hacer un crucero por el Mediterráneo.

¿Aquella mujer llevaba treinta años casada? Tessa no se lo podía creer. Charmaine Kendrick tenía el pelo corto y rubio y llevaba unos pantalones cortos en tono rosa que dejaban al descubierto unas preciosas piernas largas y bronceadas.

–Y, naturalmente, no podíamos dejar de venir a Caspia después de la cantidad de veces que nos has hablado de tu país –intervino el senador.

–Ya veis que no exageraba –contestó Sebastian pasándole el brazo por los hombros–. Me encantaría que comierais en palacio con nosotros.

A la señora Kendrick se le iluminaron los ojos, pero su marido no estuvo de acuerdo.

–Es que queremos hacer veinte puertos en veinte días y mañana nos esperan en el Pireo –le explicó.

–¿Qué queréis que os enseñe de Caspia hasta que os tengáis que ir? ¿El mercado antiguo, los frescos de la época cristiana o la mezquita otomana?

Tessa rezó para que votaran por los frescos.

–¿Eso de ahí es una tienda de Dolce & Gabbana? –exclamó la señora Kendrick de repente.

–Sí –sonrió Sebastian–. Y la de al lado es de DKNY –añadió–. ¿Quieres que vayamos de compras?

–A Charmaine le encanta ir de compras –intervino el senador dándole una palmada en la espalda a Sebastian.

–La verdad es que tenemos un montón de eventos oficiales a los que ir y no me vendría mal comprarme un par de cosas –intervino Charmaine.

–Me parece muy bien –sonrió el senador.

A continuación, se excusó para no acompañarlos y le pidió a Tessa que se quedara con él en el barco mientras Sebastian acompañaba a su mujer a las tiendas en una góndola.

A Tessa no le importó. Prefería quedarse en el yate mirando el mar que irse de compras. Además, si no recordaba mal, el senador defendía con uñas y dientes aumentar el gasto publico en educación, una causa con la que ella también estaba de acuerdo.

El senador le indicó que había un sitio en la proa para sentarse y así lo hicieron.

–Así que eres la ayudante de Stone –comentó.

–Sí –contestó Tessa girándose hacia él con una sonrisa–. He venido para organizar una reunión.

–Supongo que, habiéndote criado en un país democrático como Estados Unidos, se te hará extraño trabajar para un miembro de una familia real –comentó el senador.

–Al principio, un poco, pero ahora ya ni lo pienso. Además, los caspianos parecen muy contentos con su familia real.

–Tampoco pueden elegir –comentó el senador echándose hacia delante muy sonriente.

Había algo extraño en su piel, como si se hubiera hecho una operación de estiramiento. Tessa desvió la mirada y vio que Sebastian estaba ayudando a la señora Kendrick a bajar de la góndola.

–Eres muy calladita, ¿no?

–Es que la vista es preciosa y me gusta disfrutar de ella en silencio.

–Sí, la vista es preciosa –asintió el senador mirándola fijamente.

Tessa sintió que el estómago le daba un vuelco.

–La verdad es que esto de estar fuera de casa no me gusta mucho –comentó el senador acercándose tanto a ella que sus brazos se rozaron.

Tessa sintió que la piel se le ponía de gallina.

–¿Echa de menos los perritos calientes y la tarta de manzana? –le preguntó intentando sonreír.

–Sí. Supongo que tú estarás cansada de que los tipos de por aquí se te echen encima.

–En ningún momento se me han echado encima. Los caspianos son muy educados.

–Ya veo que defiendes a tu príncipe a capa y espada –comentó Kendrick algo molesto.

–¿Cómo?

–Supongo que todas las chicas jóvenes sois tontas y os llenáis la cabeza con fantasías sobre príncipes y coronas. Un senador estadounidense tiene mucho más poder que un reyezuelo de éstos.

–Eso es cuestión de opiniones –contestó Tessa poniéndose tensa.

Ya no veía a Sebastian. Debían de haber entrado en una tienda. No creía que pudiera llegar a la orilla nadando con el vestido, así que decidió cambiar de tema.

–¿Qué opina usted sobre las pruebas de ingreso a la universidad? ¿Le parece que así todo el mundo tendrá las mismas posibilidades? –le preguntó.

El senador echó la cabeza hacia atrás y se rió.

–Estoy de vacaciones y no quiero oír hablar

de todas esas tonterías. Ahora mismo lo único que me importa es que estoy navegando con una rubia muy guapa, así que me quiero olvidar de Nueva York –comentó disgustado.

Tessa lo miró con los ojos muy abiertos. ¿Olía a whisky? Se agarró el vestido e intentó dar con una buena excusa para ponerse en pie.

–¿Adónde vas? –le preguntó Kendrick al comprender que se quería ir.

–A dar una vuelta por cubierta –contestó Tessa.

–Es un yate pequeño. No se puede pasear por cubierta –le dijo el senador mirándola con los ojos entrecerrados, inclinándose sobre ella y poniéndole el brazo por delante para que no se pudiera levantar–. Se me ocurren cosas más interesantes que hacer.

«Me va a besar», pensó Tessa horrorizada.

Y no se le ocurrió otra manera de escapar que darle un cabezazo en la nariz. Diez segundos después, estaba de nuevo en cubierta, donde un marinero estaba arrodillado recogiendo unos cabos.

El senador Kendrick apareció por detrás de la vela mayor, frotándose la nariz y mirándola disgustado.

–Espero que no me hayas entendido mal.

–No se preocupe, lo he entendido perfectamente –contestó Tessa.

Ojalá se le ocurriera volver a intentar algo. Si se atrevía, lo volvería a golpear. Kendrick debió de leerle el pensamiento, porque desapareció escaleras abajo. Tessa se sacudió las manos muy satisfecha.

¡Menudo imbécil! ¿Se habría creído que lo quería besar? Seguramente, le daría igual lo que ella quisiera. Para él, no era nadie. Una mera secretaria, una chica guapa con la que se podía jugar.

No se lo iba a contar a Sebastian porque era evidente que estaba muy contento con tener visitas estadounidenses importantes y no quería darle un disgusto.

Tras lo que se le antojó una eternidad, Sebastian volvió por fin acompañado por la esposa del senador y con la góndola llena de bolsas.

De manera encantadora, ayudó a bajar de la góndola a Charmaine. Al verla, Tessa sintió pena por ella. Pobre mujer, que se había casado con semejante…

Era la secretaria de un príncipe y se había educado en un buen colegio de pago, así que no debía decir palabrotas.

El senador subió las escaleras y apareció en cubierta, pasó junto a Tessa sin ni siquiera mirarla y fue a recibir a su esposa.

–¿Te has comprado cosas bonitas, cariño? –le preguntó besándola en la mejilla–. Ya sabes que me gusta que tengas todo lo que quieras.

«Para recompensarte por todos los cuernos que te pongo», pensó Tessa.

Apenas podía mirar a aquel hipócrita. Le daba asco.

–Tessa, ¿estás bien? –le preguntó Sebastian en voz baja.

–Sí –contestó ella intentando mantener la calma.

Sebastian miró al senador, que estaba alabando un vestidito que se había comprado su mujer.

–No tienes buen aspecto –insistió mirándola preocupado.

Tessa se preguntó si debería contarle lo ocurrido, pero decidió no hacerlo. Aquel incidente podía causar un problema internacional y no quería que nada le estropeara el día.

–Es que me he mareado un poco –mintió a pesar de que el mar estaba en calma.

–En ese caso, será mejor que bajemos a tierra firme –contestó Sebastian.

El senador se acercó a él y le dio una palmada en el hombro. A Tessa le pareció que se le había hinchado la nariz.

–Bueno, nosotros nos tenemos que ir. El capitán me ha dicho que tenemos que ponernos en marcha si queremos estar mañana en el Pireo –comentó mirando a Tessa con desprecio.

Tessa elevó el mentón en actitud desafiante y comprobó con gusto que, efectivamente, se le estaba hinchando la nariz y también se le estaba amoratando el ojo izquierdo.

¡A ver si así se lo pensaba dos veces antes de abalanzarse sobre una mujer!

Sebastian se despidió de Charmaine dándole un beso en la mejilla y la obligó a prometer que volverían. Tessa pensó con alivio que ella ya no estaría allí cuando lo hicieran. A continuación, se despidió cortés y brevemente del hombre que le había estropeado la mañana. Una vez en la góndola, acompañada por Sebastian, que la protegía, sintió un inmenso alivio

–Pues el agua está buena –comentó Sebastian metiendo la mano en el mar–. ¿Quieres que nos bañemos?

–¿Aquí? –exclamó Tessa–. No me he traído bañador.

–¿Quieres decir que no te lo has traído hoy o que no lo has metido en la maleta?

–Te recuerdo que vine para estudiar documentos y ayudarte con la reunión.

–Sí, sí, claro –contestó Sebastian haciéndose el distraído–. Vamos a ir a comprarte un bañador ahora mismo.

A continuación, le dio instrucciones a uno de sus marineros. Había hablado muy rápido y a Tessa le costó trabajo entenderlo, pero no se le escapó la palabra «Valentino».

–No quiero un bañador de Valentino para nada –protestó–. ¿Hay tiendas normales?

–¿Qué tiene de malo Valentino? –le preguntó Sebastian enarcando una ceja.

–Que es ridículamente caro.

Debía de ser que eso de ser príncipe hacía que a uno se le olvidara la realidad. Claro que si la realidad de uno era ser príncipe, los precios no tenían mucha importancia.

Ella, sin embargo, tenía que tener mucho cuidado con lo que gastaba porque más adelante tendría que pagar la fianza de la casa que alquilara en Los Ángeles. Patrick no le había dicho nada de irse a vivir juntos y ella no había querido sacar el tema.

Ya verían cómo lo hacían.

A él tampoco le iba a contar lo del senador. Seguro que le decía que eso había ocurrido porque iba vestida de manera provocativa o algo así.

–Las cosas bonitas siempre son caras. Así es la vida –comentó Sebastian.

–No estoy de acuerdo –contestó Tessa–. Las cosas más bonitas suelen ser gratis. ¿Acaso el cielo cuesta algo? ¿Y el agua? ¿Y el aire?

–¿O el sol que se refleja en tu pelo?

–¿Qué? –se sorprendió Tessa.

–Eso también es bonito –murmuró Sebastian de manera seductora.

Tessa sintió que el pecho le bullía de calor y que se ponía nerviosa. ¿Estaría mandando inconscientemente señales de que estaba disponible?

Se apresuró a cruzarse de brazos.

–A lo mejor me ha costado una fortuna teñirme el pelo de este color.

–¿Ah, sí? –le preguntó Sebastian con curiosidad.

Tessa se rió.

–No, es natural.

–Es perfecto y al sol caspiano le gusta tanto como a mí.

Tessa tuvo la sensación de que se lo iba a volver a acariciar y una mezcla de terror y de anticipación se apoderó de ella, pero, en aquel momento, el barco llegó a puerto, el marinero lo ancló y se dispusieron a bajar.

Una vez en tierra firme, Sebastian la tomó del brazo. La verdad era que se sentía protegida a su lado después del desagradable episodio que había vivido en el yate de los Kendrick.

Menos mal que se habían ido.

Una vez dentro de la tienda de Valentino, Sebastian se dirigió a uno de los dependientes.

–Queríamos ver bañadores.

–¿Biquinis o de una pieza?

–Biquinis –contestó Sebastian antes de que a Tessa le diera tiempo de abrir la boca.

El vendedor estaba tan pendiente del príncipe heredero que ni siquiera había reparado en ella.

–Ése de ahí –le indicó Sebastian señalando un biquini verde de triángulos microscópicos entrelazados por aros dorados.

–¿Estás seguro de que no son unos pendientes? –bromeó Tessa.

–Pruébatelo. Si no te queda bien, siempre te lo puedes colgar de las orejas –contestó Sebastian chasqueando la lengua.

Tessa aceptó la prenda y se dirigió al probador. Una vez dentro, se quitó las sandalias y pisó sobre la maravillosa moqueta. No había espejo, así que se vio obligada a salir.

–Te queda fenomenal –comentó Sebastian.

Tessa dio un respingo y se giró hacia él, que estaba apoyado en el marco de la puerta de los probadores, con los brazos cruzados y sonriendo encantado.

–Qué blanca estoy –comentó Tessa.

–Pues vamos a tomar el sol –sonrió Sebastian tendiéndole la mano–. Venga, vamos.

Tessa se rió.

–Espera. Me tengo que vestir y tengo que pagar esto.

–Ya he pagado yo –contestó Sebastian–. Tiene un pareo a juego –añadió entregándole una tela verde y dorada.

Al hacerlo, sus manos se rozaron y Tessa sintió que el corazón se le aceleraba. Aquello era demasiado. No le parecía bien que su jefe le comprara ropa y la vistiera como a una Barbie.

Sobre todo, cuando estaba prácticamente prometida con otro. Acordarse de Patrick estando en Caspia estaba fuera de lugar. A Patrick no le gustaba el sol y tampoco le gustaba navegar. Una vez habían salido en barco con uno de sus clientes y se había pasado todo el día con el ordenador consultando los valores bursátiles.

Muy pragmático. Sí, Patrick era una persona muy prudente y seguro que sería un padre y un marido responsable, así que más le valía no volver a olvidarse de él.

Capítulo Cinco

Un ejército de sirvientes vestidos con levita blanca les sirvió una deliciosa comida en el muelle privado del palacio. Escondidos del mundo tras paredes de piedra, tomaron limonada fresca con hojas de menta mientras el agua lamía la orilla.

Había flores de vivos colores en floreros. Tessa se encontraba muy a gusto, pero no quería ponerse demasiado cómoda. Se había puesto el biquini. ¿Cómo no se lo iba a poner después de que Sebastian se hubiera gastado tanto dinero en él?

–Debería ir llamando ya a las personas a las que quieres convocar para la reunión –comentó ella.

–Todavía no. Quiero que pruebes la helioterapia –contestó Sebastian quitándose la camiseta.

Tessa apartó la mirada.

–¿Helio qué? –le preguntó fijando su atención en una gaviota.

Aunque no lo estaba mirando, sabía que se estaba estirando. Lo sabían todas sus terminaciones nerviosas y el vello rubio e invisible que cubría sus brazos. Sus pezones también lo debían de saber, porque se habían puesto duros como una piedra.

–Helioterapia. Utilizar el sol como fuente de sanación. Es una práctica muy extendida en Caspia desde la época de Hipócrates.

Tessa no pudo evitar mirarlo mientras Sebastian se echaba hacia atrás en su tumbona. En el centro del pecho se le formaba un ciclón de pelo negro que bajaba por sus abdominales y desaparecía bajo la cinturilla del bañador.

–Creía que… –murmuró Tessa carraspeando para recuperar la voz–. Creía que el sol provocaba cáncer de piel.

–Los caspianos tenemos la tasa de vida más alta del planeta y tomamos mucho el sol –contestó Sebastian elevando los brazos y colocando las manos detrás de la cabeza, lo que hizo que los bíceps se le marcaran y que Tessa tragara saliva, nerviosa.

–Ya, pero tenéis la piel oscura –comentó.

Por lo menos, en las partes de su cuerpo que veía. Intentó no pensar en las demás.

–Tú también te pusiste morena el verano pasado. ¿Qué te ha ocurrido este año? ¿Has estado metida debajo de una piedra?

Tessa se rió.

–Más o menos. He estado metida en Caspia Designs.

Sebastian la miró de manera penetrante.

–Precisamente por eso no quiero que te pongas a trabajar –le dijo–. Necesitas sol, buena comida, aire fresco y risas. Así, no tendrás que huir a California en busca de cosas que puedes tener aquí mismo.

Dicho aquello, sonrió satisfecho y cerró los ojos.

¿Se había dado cuenta de que el verano pasado se había puesto morena? Había sido porque se había metido en un grupo de jardinería y estaba por lo menos una hora al día al aire libre, regando, quitando malas hierbas y ocupándose de las hortalizas.

Se lo había pasado fenomenal y la actividad le había servido para no pasarse las noches suspirando por no tener marido ni posibilidad de tener hijos.

Aquel año, sin embargo, no había tenido tiempo ni energía para volver al huerto, así que también echaba de menos la compañía, el sol, el aire puro y la comida ecológica que se había llevado, aparte de la experiencia.

Tal vez, por eso, no dejaba de pensar en que, cuando se fuera de Nueva York, las cosas comenzarían a irle mejor.

A lo mejor Sebastian tenía razón.

A Tessa le habría gustado discutir, pero parecía tan relajado tumbado al sol que no quiso molestarlo para decirle que los ancianos de Caspia tenían la piel como el cuero curtido.

En cualquier caso, siempre le había gustado el cuero.

Aun así, rebuscó en su bolso y sacó un bote de crema protectora.

—Te ayudo —le dijo Sebastian cuando se estaba poniendo crema sobre el estómago.

Tessa lo miró y vio que sonreía encantado, lo que la hizo sospechar.

–No hace falta, ya me he puesto por todas partes.

–Por todas no, te falta la espalda –insistió Sebastian arrebatándole el bote de crema–. Date la vuelta.

–¿Eres así de marimandón con todo el mundo o sólo con tus empleados? –le preguntó Tessa colocando las piernas al otro lado de la tumbona.

–No soy marimandón. Prefiero pensar que soy directo –contestó Sebastian poniéndole las manos en los hombros.

Bonita manera de ser directo.

Tessa sintió que la respiración se le entrecortaba al sentir las yemas de los dedos de Sebastian humedecidas por la crema recorriendo su piel. Sebastian le puso crema por la nuca y Tessa tuvo que hacer un gran esfuerzo para ignorar la excitación que se estaba formando en su bajo vientre.

A continuación, Sebastian extendió las palmas de las manos en toda su amplitud para extenderle la crema por los omoplatos y aprovechó para masajearle los músculos. A Tessa le resultó casi imposible ignorar cómo la sensación de excitación se iba expandiendo por todo su cuerpo.

Cuando sintió los dedos de Sebastian en la tira del biquini, dio un respingo. Por alguna razón, aquel gesto se le antojaba de lo más íntimo.

–Espera un momento, necesito más crema –le dijo él con voz grave.

Tessa lo oyó echarse más crema en las manos y moverlas para que la crema se calentara antes de ponérsela sobre la piel.

Mmm. Sí, justo ahí, en ambos laterales de la cintura. Tessa tuvo que hacer un gran esfuerzo para no suspirar de placer, sobre todo cuando Sebastian se echó hacia delante y le puso crema por la tripa.

Tessa se dijo que debería protestar porque eso podía hacerlo sola, pero no fue capaz de articular palabra. Probablemente porque, al echarse hacia delante, Sebastian se había acercado tanto que podía percibir su olor.

–Relájate –le ordenó–. ¿Por qué estás tan tensa?

«¿Porque mi jefe me está poniendo crema y yo estoy medio desnuda quizás?», se dijo mentalmente.

–Supongo que es porque estoy muy estresada –contestó ella–. Tengo un jefe demasiado exigente.

–Tendré que hablar con él –bromeó Sebastian colocándole los pulgares a ambos lados de la columna vertebral, presionando ligeramente y subiéndolos hasta la nuca.

–Mmm –Tessa suspiró de placer y echó el cuello hacia delante.

–Me parece que ya sé cuál es el problema –comentó Sebastian–. Tienes que liberarte de tanta tensión.

–En estos momentos, me siento muy relajada.

–No, todavía puedes relajarte más –insistió Sebastian acariciándole la cintura a pesar de que ya no le quedaba crema.

–¿Quieres que me tumbe?

–No.

Tessa se giró hacia él.

–Quiero que flotes –contestó Sebastian tomándola en brazos y poniéndose en pie antes de que a Tessa le diera tiempo de protestar.

En un abrir y cerrar de ojos, estaban al borde del agua y, sin pensarlo dos veces, Sebastian saltó con ella en brazos. Tessa gritó y cerró la boca para no tragar agua.

–Relájate –le dijo Sebastian cuando salieron a la superficie.

–¿Cómo me voy a relajar si casi me ahogas? –se indignó Tessa intentando escapar de sus brazos.

Sebastian le apartó un mechón de pelo de la cara. Cuando sus miradas se encontraron, Tessa sintió que el estómago le daba un vuelco. Tenerlo tan cerca era peligroso.

Sebastian se tumbó boca arriba en el agua y la colocó encima de él, formando una protección con sus piernas.

–Flota. No te voy a soltar, te lo prometo –le dijo al oído.

–¿Cómo te voy a creer si casi me ahogas?

–Los miembros de la familia real caspiana nunca rompemos una promesa. Nuestro lema es *Honor omnia vincit.*

–El honor lo puede todo.

–Lo llevo grabado en el corazón –le dijo Sebastian mostrándole el brazo.

Efectivamente, lo llevaba tatuado por encima del bíceps.

–Por si no te has dado cuenta, el corazón no está en el brazo.

Sebastian sonrió.

–A lo mejor debería dejar que te hundieras –comentó soltándola levemente y haciendo que Tessa se sumergiera un par de centímetros.

Tessa sintió que el corazón le daba un vuelco, pero se tranquilizó cuando Sebastian volvió a equilibrarla.

–Es un tatuaje muy bonito. ¿Lo lleváis todos en tu familia? –le preguntó.

Sebastian se miró el dibujo, un anillo de hojas que le daba la vuelta al brazo a la altura del bíceps.

–Lo llevo hace tanto tiempo que me olvido de él, pero no, no lo llevo por tradición. A mi madre casi le dio un ataque al corazón cuando lo vio –se rió–. Me lo hice a los dieciséis años, a la salida de un concierto de Eric Clapton en Londres.

Tessa se rió.

–Es lo típico que hace un chico normal y corriente –comentó.

–¿Y quién dice que no soy un chico normal y corriente además de un príncipe? –le preguntó Sebastian enarcando una ceja.

Tessa se quedó pensativa. Lo cierto era que,

aunque perteneciera a una familia real, Sebastian era un hombre normal y corriente, como todo ser humano, exactamente igual que ella.

–Menos mal que yo no solía tener dinero de adolescente. De lo contrario, me habría tatuado el escudo de los New York Knicks en algún sitio. ¿Por qué te tatuaste el lema de tu familia?

–Porque Caspia y sus ciudadanos son mi verdadero equipo. Aunque haya ido a veces a animar a otro equipo, por ejemplo, al Manchester United, mi corazón siempre está con Caspia y, como ves, me gusta llevarlos cerca del corazón –contestó con una mezcla de pasión y de humor que hizo que a Tessa se le encogiera el alma.

¿Cómo era posible que hubieran pasado de la noche al día de tener una relación puramente profesional de cinco años a mantener conversación a corazón abierto y a bañarse juntos y medio desnudos?

En cierta manera, era su mejor sueño hecho realidad. El hombre que le gustaba desde hacía tanto tiempo estaba flirteando con ella.

Era extremadamente difícil no sentirse halagada y emocionada.

–Descansa la cabeza –le indicó Sebastian poniendo sus brazos debajo de ella–. Relájate. El agua te llevará.

–Tengo la impresión de que el que está haciendo la mayor parte del trabajo eres tú.

–Yo no llamaría trabajo a esto –contestó Sebastian en tono juguetón.

¿A qué estaría jugando? Los dos sabían que

aquel flirteo no les iba a llevar a ninguna parte. Por lo menos, a ninguna parte de provecho.

–No, no estamos trabajando y yo tengo muchas llamadas que hacer –le recordó Tessa.

–Primero debes recuperarte. La hidroterapia se utiliza desde hace miles de años y es muy buena –contestó Sebastian mojándole la tripa.

–Deberías poner un balneario urbano –le indicó Tessa tragando saliva–. Por lo que parece, eres un experto en terapias antiguas.

–Qué buena idea. ¿Cómo no se me había ocurrido? ¿Ves lo valiosa que eres para mí?

–Anda, para ya.

–¿De qué? –le preguntó Sebastian con gran inocencia.

–De hacerme la rosca para que no me vaya.

«O para lo que sea que tengas en mente».

–¿Cómo no voy a querer retenerte a mi lado? Supongo que lo entiendes perfectamente.

–Claro que lo entiendo. Soy una secretaria eficiente y organizada y procuro mantener siempre una imagen muy profesional. Claro que hoy no lo he conseguido…

¿Qué demonios estaba haciendo Sebastian con los dedos? Le estaba echando gotitas de agua sobre la tripa y Tessa sentía que se estaba derritiendo. Se le habían endurecido los pezones y sentía un calor y una humedad insoportables entre las piernas.

–Conclusión: eres perfecta –le dijo Sebastian al oído–. Por eso, precisamente, no puedo permitir que te vayas y no te vas a ir.

Tessa se estremeció.

«No me quiero ir», pensó.

A continuación, se giró levemente para recuperar el control de su cuerpo. Las sensaciones que estaba teniendo eran sorprendentes y no estaba acostumbrada. Aquello era demasiado, sentir el agua en la piel por debajo y el aire por encima, los brazos de Sebastian, su torso musculado tan cerca, su olor mezclado con la sal…

De repente, se encontró con la respiración entrecortada, intentando soltarse.

—¡Necesito ponerme de pie! —exclamó.

—Cubre mucho —le advirtió Sebastian.

Tessa sintió pánico y comenzó a dar patadas. Sebastian la soltó, pero ella no se movió. Entre la excitación y la confusión se le había olvidado nadar.

—No pasa nada, Tessa, tranquila —la tranquilizó Sebastian tomándola de la mano y llevándola hacia las piedras.

No intentó controlarla ni sujetarla, se limitó a guiarla hasta una argolla de metal a la que Tessa puedo agarrarse.

—Lo siento. Ha sido demasiado para mí. No estoy hecha para la relajación. Me da miedo —comentó Tessa tomando aire.

Sebastian sonrió.

—Eres una neoyorquina de verdad. Prefieres resistirte que relajarte.

—Soy de Connecticut —protestó Tessa.

—Da lo mismo.

—No, no es lo mismo.

–Veo que te has recuperado porque ya quieres discutir.

–¡No estoy discutiendo!

–¿Ah, no? –se rió Sebastian salpicándola.

Tessa lo salpicó también y no dudó en utilizar también los pies para echarle todavía más agua. Al final, Sebastian tuvo que esconderse debajo del agua.

–¿Te rindes? –le preguntó cuando asomó la cabeza.

–Los caspianos jamás nos rendimos –contestó Sebastian.

–Sí, sí, claro, lo del honor vence y todas esas cosas.

–Exacto –contestó Sebastian–. Soy un hombre de honor y te lo voy a demostrar ayudándote a salir del agua. Me parece que ya hemos tenido suficiente hidroterapia por hoy –le dijo.

Tenía el pelo empapado y estaba increíblemente guapo.

–No hace falta que me ayudes, sé nadar. Te recuerdo que soy de costa, de Connecticut –contestó Tessa.

A continuación, se sumergió y nadó hacia las piedras. Una vez allí y mientras salía del agua, intentó ignorar la mirada de Sebastian, se ajustó el biquini y salió del agua. Sin embargo, Sebastian la estaba mirando tan intensamente que Tessa tenía la sensación de que se le estaba evaporando el agua del cuerpo.

Aquello era un gran error.

De repente, oyó un ruido muy extraño y tardó unos segundos en darse cuenta de que era su teléfono móvil.

Patrick.

La había llamado tres veces aquella mañana para ver qué tal estaba. ¿Cómo iba a hablar con él mientras deseaba a otro hombre? No sin cierta culpa, Tessa apretó el botón que hacía que saltara directamente el contestador automático.

–¿Podemos empezar ya a consultar el material de la reunión? Soy un poco adicta al trabajo y me pongo muy nerviosa si no tengo nada que hacer –le dijo a Sebastian.

–Estás trabajando. Eres mi secretaria y me estás ayudando a disfrutar de este espléndido día –contestó él.

Tessa tuvo que hacer un gran esfuerzo para no reírse. A continuación, tomó aire profundamente para intentar mantener la compostura y se dijo que sólo tenía que sobrevivir quince días sin hacer ninguna estupidez y que, luego, podría seguir adelante con su vida.

–¿Te has traído unos vaqueros? –le preguntó Sebastian sacándola de sus pensamientos.

–Sí –contestó ella.

–Muy bien –comentó Sebastian poniéndose su camisa de lino blanco sobre la piel mojada–. ¿A qué esperas?

–¿Qué se supone que tengo que hacer?

–Ir a ponerte los vaqueros.

–Ah –contestó Tessa–. Bueno, pues ahora vuelvo –añadió dirigiéndose al palacio.

Una vez dentro, encontró el pasillo de columnas y vio a la reina, que estaba hablando a toda velocidad por el móvil. A pesar de que iba medio desnuda y de que estaba mojada, Tessa se preparó para brindarle una magnífica sonrisa.

Su Majestad levantó la mirada, pero no hizo gesto alguno de saludarla.

Vaya.

¿Qué esperaba? Era la secretaria de Sebastian, no una princesa.

«A ver si te enteras».

Capítulo Seis

Sebastian salió de palacio en compañía de Tessa conduciendo su propio Land Rover. Tras deslizarse por unas callejuelas estrechas, se paró para hablar con una persona por la ventanilla.

–Es realmente agradable que la familia real tenga tanto contacto con los ciudadanos –comentó Tessa pensando que Sebastian estaba mucho más relajado allí que en Nueva York.

–A mi madre no le hace ninguna gracia. Ella prefiere mantener las distancias, pero a mi padre y a mí nos encanta la gente. No podríamos mantener las distancias aunque quisiéramos –le explicó saludando a una vendedora de flores a la que le compró un ramo de campanillas rosas.

A continuación, se lo entregó a Tessa.

¿Ahora le compraba flores?

–Huélelas –le dijo.

A Tessa le entraron ganas de reírse. Qué típico de Sebastian comprarle flores y ordenarle que las oliera.

–Mmm. Huelen a miel –se maravilló Tessa.

–Sí, la miel de Caspia huele como estas flores y es la miel más deliciosa del mundo.

–Cómo no –sonrió Tessa–. ¿Hay algún producto de Caspia que no sea el mejor del mundo?

Sebastian se giró hacia ella mientras conducía y la miró con incredulidad.

–Ya llevas aquí un día, así que ya sabes la respuesta a esa pregunta –le dijo volviendo a mirar la carretera–. Vamos al lugar donde crecen esas flores, a las montañas.

–Que seguro que son las montañas más bonitas del mundo.

–Veo que comienzas a comprender.

El Land Rover subió por una carretera llena de baches y rodeada de praderas y flores. Cuando parecía que ya iban a tocar el cielo, Sebastian paró el coche y se bajó.

–Vamos –le indicó a Tessa.

Tessa se bajó del coche y, cuando levantó la mirada, se quedó sin habla. Estaban muy alto, había preciosas praderas cubiertas de vegetación y, abajo del todo, se veían el puerto y las casitas blancas.

–Estamos a dos mil metros de altitud –le dijo Sebastian leyéndole el pensamiento.

Allá abajo, el océano resplandecía bajo la luz de los últimos rayos del sol, que se estaba poniendo. Tessa veía varios barcos de colores que volvían a puerto con las capturas del día y otros que salían para pescar de noche.

También se veía el humo saliendo de las chimeneas de las casas donde, sin duda, estarían cocinando deliciosas cenas típicas del país.

En aquel momento, la bola de fuego en la que se había convertido el sol entró en contacto con el horizonte marino.

Era tan bonito que Tessa apenas podía respirar.

–Ahora ya has visto Caspia.

La voz grave de Sebastian hizo que Tessa apartara la mirada del horizonte. Aquel hombre siempre hablaba con orgullo y emoción de su tierra. Sebastian la miró fijamente y Tessa no supo qué decir. Sebastian alargó el brazo y le acarició el pelo. Tessa no se podía mover y sentía que la excitación se estaba apoderando de ella.

La luz dorada del atardecer bañaba el cuerpo de Sebastian, confiriéndole la apariencia de una estatua de bronce y haciéndole parecer más guapo que nunca. Parecía un príncipe de la mitología antigua que hubiera llegado para rescatarla del ajetreo de la vida diaria y llevarla a…

Un sitio más o menos como aquél.

–Seguro que se parecía mucho a ti –susurró Sebastian

–¿Quién? –le preguntó Tessa intentando ignorar el deseo que sentía por él.

–La estatua de oro.

–¿La que estaba a la entrada del puerto? –le preguntó Tessa suponiendo que era una broma.

Pero Sebastian estaba muy serio.

–Sí –contestó mirándola a los ojos–. Era una estatua de Andara, la diosa que protegía nuestro país. Ahora que te veo con esta luz que potencia los reflejos rubios de tu pelo y de tu piel, me la imagino perfectamente.

Tessa se sonrojó de vergüenza y se apartó un mechón de pelo de la cara.

–Me alegro mucho de que la luz del atardecer me favorezca, pero soy Tessa de Connecticut, no lo olvides.

–Tessa de Connecticut, eres la mujer más guapa el mundo –declaró Sebastian mirándola a los ojos.

Lo había dicho con tanta convicción que Tessa sintió que el corazón le daba un vuelco, pero pronto la lógica la sacó de su error.

«No olvides que él es Sebastian Stone, el mayor seductor del mundo», se dijo.

–Tú tampoco estás mal con esta luz –intentó bromear.

Algo en su cerebro, una vocecilla, le indicó que saliera corriendo, pero no se podía mover.

Sebastian dio un paso al frente y la besó en la boca, haciendo que le temblaran las rodillas. Tessa sintió su torso musculado contra sus pechos y sintió cómo se le endurecían los pezones. Sebastian la tomó entre sus brazos y la apretó contra sí. Al principio, la besó suavemente, pero el beso se fue haciendo cada vez más apasionado e intenso.

Tessa sintió que una corriente de calor la recorría de pies a cabeza. Aquel hombre olía a sol, a tierra y a sal, lo que a Tessa se le antojaba mágico, y le hizo abrazarlo de la cintura.

Sebastian gimió de placer cuando sus pelvis entraron en contacto. A Tessa le habría gustado que se quitara los vaqueros para poder sentirlo más cerca.

Aquel pensamiento la hizo volver a la realidad. ¿Pero qué demonios estaban haciendo?

Bueno, en aquellos momentos, Sebastian le estaba besando el cuello y estaba llegando a aquella zona erógena que tenía detrás de la oreja... y ella estaba suspirando o, más bien, gimiendo de placer.

Tessa pensó que deberían parar, pero la pasión que Sebastian estaba despertando en ella hizo que se olvidara de semejante posibilidad. No quería parar. Nunca. Lo que le estaba haciendo sentir era maravilloso. Daba igual que fuera su jefe. Daba igual que fuera un príncipe. Daba igual que sólo quisiera pasar con ella una noche de pasión.

Tessa se agarró a su camisa y deslizó las manos bajo la tela para acariciar los músculos de Sebastian, arqueó las caderas hacia delante y se apretó contra él. Sus senos se apretaron contra su pecho y Tessa sintió que los pezones se le endurecían todavía más cuando él deslizó las manos bajo su blusa y le acarició la espalda.

Sebastian le desabrochó la blusa lenta y pausadamente y deslizó la tela sobre sus brazos. Tessa sentía la respiración entrecortada. Los últimos rayos de sol dieron paso a la noche, que los envolvió.

Sebastian comenzó a chuparle un pezón por encima del sujetador de encaje. Tessa sintió una sensación aguda que la atravesó y estuvo a punto de hacerla perder el equilibrio.

Él se apresuró a abrazarla para mantenerla en pie y siguió lamiéndole el otro pezón.

Tessa estaba excitadísima.

–Ven conmigo –le dijo Sebastian tomándola de la mano.

A continuación, la guió entre unos arbustos. Tessa lo siguió. De la mano, cruzaron entre dos enormes rocas y salieron a un claro bañado por la luz de la luna.

Una vez allí, Tessa se quitó las sandalias y sintió la hierba bajo los pies. Las rocas formaban una muralla que los aislaba de todo. Sólo estaban ellos dos y la luna. Sebastian la estrechó entre sus brazos y Tessa se estremeció.

Sentirse entre sus brazos era perfecto.

Demasiado perfecto.

–¿Qué estamos haciendo? –le preguntó.

–Yo diría que, en estos momentos, nos estamos abrazando –contestó Sebastian besándola por el cuello.

Tessa sintió que una sensación maravillosa le bajaba desde el cuello hasta el hombro y caía en cascada por su pecho. Su camisa había quedado atrás, sobre las rocas.

–Y ahora… nos estamos besando –continuó Sebastian besándola en la boca.

Sus lenguas se encontraron y comenzaron a danzar. Sebastian le desabrochó el sujetador y Tessa sintió el aire nocturno sobre los pechos.

–Y ahora te estoy desnudando –murmuró Sebastian–. Qué belleza –añadió encandilado al mirarla.

Sus palabras fueron como una caricia. Tessa se sentía realmente bella en aquellos momentos. Sebastian la estaba haciendo sentirse así.

Tessa le sacó la camisa del pantalón y se la quitó. Una vez desnudos de cintura para arriba, a Tessa se le ocurrió que parecía una estatua de azabache, una estatua con una hilera de vello negro que se perdía bajo la cinturilla de los vaqueros, unos vaqueros en cuyo centro había algo duro como una roca.

Tessa tomó aire, intentando mantener la calma mientras le desabrochaba a Sebastian el botón de los pantalones. Estaba duro como la piedra sobre la que estaban. Tessa metió la mano en la bragueta y lo acarició, disfrutando de la fuerza de su erección, besándolo, emborrachándose con su olor.

–Tessa… –gimió Sebastian.

Ella se dio cuenta de que Sebastian también estaba desabrochándole los vaqueros, pero apenas se dio cuenta de que resbalaban por sus muslos e iban a parar al suelo.

Sebastian comenzó a dibujar círculos con las yemas de los dedos pulgares sobre sus pezones, que se endurecieron al instante. Tessa se estremeció cuando sintió su erección entre las piernas.

–Quítate los vaqueros –le ordenó desesperada–. Túmbate.

Le pareció que Sebastian sonreía en la oscuridad mientras obedecía. En cuanto lo tuvo tumbado, tiró de las perneras de los pantalones y lo liberó.

Impresionante.

Aquel hombre tenía un cuerpo maravilloso.

Parecía una estatua con vida. No en vano descendía de guerreros míticos.

Su maravillosa erección hizo que Tessa se excitara todavía más. Sebastian se colocó un preservativo y Tessa se sentó a horcajadas sobre él, deseosa de sentirlo dentro.

Cuando así lo hizo, las puntas de su cabello acariciaron el torso de Sebastian. El aullido de satisfacción de Tessa rompió el silencio de la noche y la hizo abrir los ojos.

Lo único que vio fue oscuridad, silencio y estrellas.

Y a Sebastian.

Aunque hubiera querido, no habría podido parar. Estremeciéndose por la fuerza de su deseo, comenzó a moverse sobre él. Ese mismo deseo los hizo acompasarse a un ritmo feroz.

Tessa tuvo la sensación de que iba a salir despedida hacia las estrellas. Al cabo de un rato, Sebastian se colocó encima de ella. El contraste de su cuerpo caliente y duro y la humedad de la tierra y de la hierba era maravilloso.

Sebastian le acarició todo el cuerpo, disfrutando de él. Le lamió los pechos y el cuello hasta hacerla gritar. En el interior de su cuerpo, su erección bailaba, arrancándole sensaciones que jamás había sentido y que no había imaginado posibles.

Tessa no podía parar de moverse, de apretarse contra él. Sebastian manejaba a la perfección el lenguaje de los besos. Mientras la besaba, Tessa siguió arqueando las caderas y, sin previo aviso, llegó al orgasmo. Aquello la hizo dar un grito que, probablemente, se oiría en toda Caspia.

Sebastian llegó al orgasmo poco después, sintiendo las uñas de Tessa en los hombros. Cuando las últimas convulsiones sacudieron su cuerpo, se dejó caer sobre ella con la respiración entrecortada, le acarició el pelo y la abrazó con fuerza.

Tessa sintió una emoción muy profunda por dentro. Aquel hombre, tan apasionado en todos los aspectos de su vida, también lo era en el terreno sexual.

Tessa se quedó mirando las estrellas y, en aquel momento, con Sebastian tumbado a su lado, se sintió de maravilla, protegida y querida.

Aunque no amada.

No debía olvidar que Sebastian Stone, príncipe heredero de Caspia, jamás la amaría.

Y no pasaba nada, porque ella tenía a…

¡Patrick!

¡Se había olvidado completamente de él! Acababa de engañar al hombre con el que quería pasar el resto de su vida. Tessa se sintió horrorizada al comprender lo que había hecho y se tensó.

–¿Estás bien? –le preguntó Sebastian.

–Sí, muy bien, de maravilla –contestó Tessa tragando saliva.

Desde donde estaba, vio un paquete de preservativos sobre el césped. Menos mal que Sebastian había pensado en los métodos de anticoncepción. Ella estaba tomando la píldora, porque Patrick había insistido, pero eso Sebastian no lo sabía.

No era de extrañar que el príncipe de Manhattan llevara una caja de preservativos en el bolsillo. No debía olvidar que era todo un playboy.

–Me encantan las mujeres que dan órdenes –comentó Sebastian acodándose y mirándola.

–¿Por qué dices eso?

–¿Te has olvidado? –sonrió Sebastian–. Me has ordenado que me tumbara y que me desnudara –añadió besándola en la boca.

Tessa se relajó. El deseo se estaba apoderando de ella de nuevo.

–¿De verdad? Lo siento mucho.

–No lo sientas –sonrió Sebastian–. A mí me ha encantado. Cuando queremos algo, la mejor manera de conseguirlo es pedirlo –añadió besándola en la boca.

Tessa no pudo evitar apretarse contra él y disfrutar del calor de su cuerpo.

–Hay muchas personas que tienen miedo de pedir lo que verdaderamente quieren y se pasan toda la vida sin conseguirlo –le dijo mirándola a los ojos–. Me alegro de que tú no seas así, Tessa.

«¿No lo soy?».

Tessa parpadeó y se pasó la mano por el pelo. Lo tenía enredado y lleno de hierbas.

–No te creas. No estoy tan segura de lo que quiero.

Quería un cambio, eso lo tenía claro. Quería cambiar de aires, un sitio nuevo y nuevas posibilidades y allí estaba, desnuda y en brazos de un príncipe heredero en un país que no conocía de nada.

Por lo visto, sus deseos se habían hecho realidad, aunque aquella situación no era exactamente lo que había imaginado.

–Hace un rato sabías perfectamente lo que querías y me imagino que dentro de poco lo vas a volver a saber muy bien.

Aquellas palabras hicieron que Tessa se volviera a excitar. Sebastian comenzó a besarla por los pechos, siguió besándola por el estómago y se colocó entre sus piernas. Una vez allí, comenzó a besarla y a lamerla.

–¡No pares! –exclamó Tessa echando las caderas hacia delante mientras Sebastian le daba placer con la lengua–. Más rápido.

Sebastian obedeció inmediatamente, conduciéndola a un oasis de placer inimaginable. A continuación, la penetró y siguió dándole placer hasta que ambos llegaron al orgasmo juntos, un orgasmo que resultó ser una explosión perfectamente orquestada y que los dejó aferrándose el uno al otro, sudados y con la respiración entrecortada.

Tessa no se sentía avergonzada en absoluto. Sebastian se había dormido con ella entre los brazos, como si fuera su osito de peluche preferido y a ella le pareció lo más natural y espontáneo del mundo.

Aunque al haber sido criado como un príncipe tenía un aire de arrogancia, Sebastian era un hombre cariñoso y generoso, tal y como demostraba la cantidad de gente que conocía en Caspia, la cantidad de amigos que tenía y la cantidad de mujeres guapas que corrían tras él.

No se podía decir lo mismo de Patrick. Era amable, por supuesto, pero tímido y reservado. Más bien, frío y distante a la manera anglosajona.

La última palabra que se le ocurriría a Tessa para describir a Sebastian sería distante. Aquel hombre vivía de manera apasionada e intensa.

Tessa lo miró y sonrió.

«¿Estará soñando conmigo?», se preguntó.

Se imaginó que Sebastian estaba soñando con ella, que se la estaba imaginando toda de oro, guardando el puerto de Caspia, convertida en una estatua de cincuenta metros que le ordenaba que se desnudara inmediatamente.

La imagen la hizo reírse y, al oírla, Sebastian se apretó contra ella.

«Ay, Dios», pensó Tessa.

Todo aquello era demasiado bonito y tenía la sensación de que, en algún momento, le iba a doler.

Capítulo Siete

Sebastian despertó a Tessa besándola suavemente. Le había hecho el amor una vez más antes de vestirse y bajar a ver amanecer.

Cuando llegaron a palacio eran las cinco de la mañana y a Tessa le habría gustado que se la tragara la tierra porque tuvieron que pasar por delante de los guardias.

«Es evidente de dónde venimos», pensó.

Sebastian no parecía preocupado en absoluto.

Claro que él, probablemente, llegaría a menudo acompañado de mujeres despeinadas y satisfechas.

La acompañó hasta su dormitorio, lo que ella le agradeció, pùes no le habría hecho ninguna gracia encontrarse con sus padres con todas aquellas hojitas por el pelo.

Se despidió de ella dándole un apasionado beso en la boca y Tessa se metió en la cama excitada de nuevo.

–Buenos días, Tessa –la saludó la reina, que estaba leyendo el periódico en francés–. Pareces cansada. Estás muy roja. ¿Tienes fiebre?

–No, estoy bien –contestó Tessa tragando saliva–. A lo mejor es que ayer tomé demasiado el sol.

O la luna…

Apenas había dormido unas cuantas horas, pero consiguió mantener la compostura mientras se sentaba y se servía un cuenco de yogur con miel. De nuevo se había sentado a la mesa con el pelo mojado.

Sebastian se sirvió un plato de pescado para desayunar. Estaba contento y silbaba encantado. A Tessa le habría gustado darle una patada por debajo de la mesa para que disimulara. Los iban a pillar.

A lo mejor, le daba igual.

Mientras desayunaban, charló con su padre sobre las capturas de pesca de la flota caspiana y sobre un proyecto urbanístico en las laderas de las montañas y obsequió a Tessa con algunos datos y estadísticas sobre la economía del país.

Tessa sabía por experiencia que aquel hombre podía ser algo gruñón por la mañana, sobre todo hasta que se tomaba un buen café. Para él, un buen café debía tener la consistencia del aceite de máquina. Sin embargo, aquel día estaba exuberante y todavía no se había tomado su dosis de cafeína.

Le contó a su padre la visita que habían realizado el día anterior por Caspia y al rey le brillaron los ojos de entusiasmo. Tessa comprendió de quién había heredado Sebastian su alegría natural de vivir.

Evidentemente, físicamente se parecía a su madre, una mujer de belleza increíble, pero fría y distante, que conversaba educadamente con ella y le hacía preguntas superficiales sobre sus estudios universitarios y sobre su vida en Nueva York, pero que no tenía la calidez ni la cercanía de los hombres Stone.

Tessa se alegró profundamente cuando se fue a ocuparse de unos asuntos. El padre de Sebastian se echó hacia delante en su butaca y la miró sonriente.

—¿Montas, Tessa? —le preguntó.

—Sí.

Sebastian la miró sorprendido.

—Creía que eras la perfecta urbanita.

—Aprendí a montar a caballo en el colegio. La verdad es que no he vuelto a montar desde entonces. A lo mejor se me ha olvidado, ahora que lo pienso.

—Imposible —dijo Sebastian poniéndose en pie y dejando su servilleta sobre la mesa—. Gio, avisa a las cuadras y diles que tengan preparados a Alto y a Magna.

Tessa se quedó mirándolo con la boca abierta y sintió que la adrenalina comenzaba a correrle por el torrente sanguíneo. ¿Sería porque tenía miedo de quedar en ridículo al no poder controlar el caballo o porque estaba excitada ante la posibilidad de montar después de tantos años?

—¿Te has traído ropa de montar? —le preguntó Sebastian mientras le retiraba la silla para que se pusiera en pie.

Tessa lo miró como diciéndole «¿Estás de broma o qué?», pero se contuvo porque estaban en presencia del rey.

–Me temo que no –contestó educadamente.

Sebastian tuvo que hacer un esfuerzo para no estallar en carcajadas.

–Bueno, da igual –le aseguró–. Ya encontraremos algo para ti.

Dicho aquello, se sacó el teléfono móvil del bolsillo y murmuró algo en caspiano. Cuando colgó, estaba encantado.

–Ya verás, Caspia es preciosa a lomos de un caballo.

A Sebastian le encantaba galopar por los prados surcados de arroyos que había entre las montañas y la ciudad y la experiencia resultaba todavía más embriagadora con Tessa galopando delante de él, con la melena al viento.

Sebastian tuvo que hacer un gran esfuerzo para no perderla, y eso que su caballo tenía más brío.

Desde luego, Tessa Banks era una mujer especial.

–Así que aprendiste a montar a caballo en St. Peter's, ¿eh?

Tessa le dio la vuelta a su montura y se colocó al lado de Sebastian.

–Sí –contestó–. Me contrataron para cepillar a los caballos de los demás estudiantes y el monitor me dio unas cuantas clases.

Llevaba una camiseta de algodón blanca que se le había mojado a causa del sudor y Sebastian estaba encantado porque se le transparentaba el sujetador, pero decidió mirarla a los ojos porque no quería excitarse y clavarse la erección contra la silla.

—Así fue como pronto me dediqué también a sacar a los caballos a pasear para ejercitarlos además de cepillarlos —continuó Tessa con la piel sonrosada por el sol y el ejercicio.

Sebastian nunca había visto nada tan bonito. Aquella noche, aquella mujer brillaría con luz propia en el baile al que iban a asistir y él sería la envidia de todos los hombres.

De repente, recordó que Tessa era su secretaria, pero se dijo que no pasaba nada. No había ninguna razón que le impidiera acompañarlo al baile porque, además de su empleada, era su invitada.

Era cierto que le resultaba un poco extraño haberse acostado con ella porque, normalmente, era muy estricto con esas cosas. Su madre le había repetido de manera muy clara durante toda la vida que con el servicio no se jugaba y su padre también se lo había dicho de manera más amable y pragmática.

Hasta entonces, había respetado las normas, pero había algo en Tessa que le había hecho ver que aquellas normas eran una estupidez irrelevante.

—Tenemos que elegir un vestido para ti —comentó fijándose en el cuerpo de Tessa.

–¿Un vestido? ¿Para qué?

–Porque esta noche es el Baile de la cosecha, uno de los bailes preferidos de mi madre. Ha invitado a todas las familias reales de Europa.

Tessa lo miró con los ojos muy abiertos.

–Será divertido. Te aseguro que no son todos viejos. Te lo pasarás bien.

Tessa frenó un poco a su caballo, hasta ponerlo al trote. Sebastian hizo lo mismo.

–No sé si es buena idea que vaya, Sebastian –comentó Tessa preocupada–. Lo de anoche fue… maravilloso, pero no quiero que la gente hable de mí.

Sebastian dio un respingo y su caballo se movió hacia un lado bruscamente. Cuando recuperó el equilibrio, Tessa galopaba delante de él con mucha dignidad. ¿Por qué le molestaba que aquella mujer no quisiera llevar la vida que llevaba él?

Al fin y al cabo, no se iba a casar con ella.

Observó que Tessa se inclinaba sobre el cuello de su yegua para apartarle una mosca del hocico. Como todos los movimientos que hacía, aquél fue de una elegancia digna de una bailarina.

Sebastian sintió que el pecho se le constreñía.

–¡Te echo una carrera! –gritó para liberarse de la tensión.

Tessa intentó avanzar por el pasillo con dignidad. El vestido que habían comprado aquella tarde en una de las mejores boutiques de Caspia se ceñía a su cuerpo como un guante. La tela, cubierta por un millón de cuentas de jade, tintineaban cuando andaba.

Sebastian la había convencido para que se lo comprara. Después de pasarse la mitad de la tarde galopando con él, había dejado que la llevara de compras pues, según él, lo hacía para contribuir a la economía del país.

Por cierto, ¿dónde estaría?

Desde donde estaba oía voces, copas que se encontraban y risas. Cuanto más se acercaba al salón, más ruido oía.

El baile.

Tessa sintió que el estómago le daba un vuelco.

Jamás había ido a un baile.

Aunque había ido a un colegio en el que se celebraban muchos bailes, nunca la habían invitado. Sin duda, sus compañeros de clase habían distinguido que no era una de las suyas y nunca la habían invitado, lo que, por otra parte, había sido un gran alivio porque no habría tenido ropa apropiada para ir.

—Estás guapísima —le dijo Sebastian en voz baja al oído.

—Gracias —contestó Tessa.

—Te estaba esperando. No quería que entraras sola.

—Muchas gracias —sonrió Tessa, completamente enternecida por el detalle—. Es un poco difícil andar con este vestido. Se me mete entre las piernas.

–Es que tienes unas piernas muy largas –comentó Sebastian admirándolas.

–Sí, en el colegio me llamaban «Piernas de aguja».

¿Y por qué le había dicho eso?

–¿Te llamaban así porque tenías las piernas muy largas?

–Sí, y porque mi madre siempre llevaba unas agujas encima. Le encantaba hacer punto. Venía a verme jugar al baloncesto y se ponía a hacer punto. Siempre iba con las agujas.

–¿Jugabas al baloncesto? –le preguntó Sebastian con curiosidad.

–¿A qué querías que jugara con este cuerpo? –le preguntó Tessa.

A medida que se fueron acercando al salón en el que se estaba celebrando el baile, la música y las conversaciones se fueron haciendo más palpables. Aunque había desayunado con ellos aquella misma mañana, Tessa saludó al rey y a la reina, que estaban en la puerta recibiendo a los invitados. A continuación, un sirviente de levita anunció su nombre. Desde luego, a aquella gente le encantaba la etiqueta.

–¡Sebastian, cariño! –exclamó una mujer mayor que llevaba tantas joyas que parecía un árbol de Navidad–. Cuánto me alegro de verte. No me puedo creer que no nos viéramos en la fiesta de Philip el mes pasado.

Sebastian la saludó con educación.

Tessa se dio cuenta de que la fiesta de Philip era la impresionante fiesta que había tenido lugar en Mónaco, en la que Sebastian había sido fotografiado con diez o doce mujeres diferentes.

–Te presento a Tessa Banks.

Tessa lo miró, esperando que añadiera «mi secretaria», pero no lo hizo.

La mujer la miró y extendió la mano. Tessa se la estrechó.

–Encantada, cariño –le dijo la mujer.

–Lo mismo digo –respondió Tessa tragando saliva–. Hace una noche preciosa.

Seguro que Sebastian estaba a punto de estallar en carcajadas, pero tuvo la decencia de no hacerlo. A continuación, le pasó el brazo por la cintura y se alejaron.

–Es buena persona, no muerde –murmuró–. No puedo decir lo mismo de ésta que viene por aquí –añadió–. Hola, Faris.

Tessa reconoció el nombre. Faris Maridis solía llamar a menudo al despacho de Sebastian y siempre se mostraba impaciente. Se trataba de una mujer alta de pelo negro y ojos azules. Al llegar junto a Sebastian, le plantó dos besos en las mejillas, dejándole la marca del rojo de labios.

Tessa tuvo que hacer un gran esfuerzo para no limpiársela con un pañuelo de papel.

–Cuánto me apetecía verte, Sebastian. ¿Cómo es que no me has invitado todavía a navegar en el *Mirabella*? –le reprochó.

Tessa sabía que era su nuevo yate porque lo había visto en las revistas.

–He estado ocupado con Tessa –contestó Sebastian con naturalidad.

La recién llegada miró a la aludida con tanta frialdad que Tessa sintió que se le ponía la piel de gallina.

–¿Tessa? Me parece que no nos conocemos –comentó con una sonrisa falsa–. Sí, creo que sé quién eres. Eres la chica de los recados de Sebastian.

–Más bien, es mi mano derecha –contestó Sebastian pasándole el brazo de manera protectora por la cintura.

Tessa se relajó. A Faris no le pasó el gesto desapercibido.

–¿Es la primera vez que vienes a Caspia, Tessa? –le preguntó.

–Sí, Sebastian me ha invitado y me está enseñando el país entero.

–¿De verdad? –se horrorizó Faris mirando a Sebastian–. Tú siempre tan solícito –añadió–. Sobre todo cuando se trata de enseñarle el país a alguien del sexo contrario –añadió guiñándole un ojo.

Tessa se sonrojó y Sebastian eligió aquel preciso instante para pellizcarle el trasero, lo que hizo que se le endurecieran los pezones y que sintiera humedad entre las piernas.

Tessa hizo un gran esfuerzo para mantener cara de póquer.

¿Y si lo había visto alguien?

–Faris y yo somos amigos de toda la vida –le dijo Sebastian–. Por eso se toma la libertad de ser tan grosera conmigo.

–¡Anda, Sebastian, no te pongas así! –protestó la aludida riéndose–. ¿Salimos a montar a caballo mañana?

–Tessa y yo hemos estado montando esta tarde y quiero dejar a los caballos descansar. Les hemos dado una buena paliza –contestó Sebastian sonriendo y volviendo a pellizcarle el trasero a Tessa.

Ella tuvo que hacer de nuevo un gran esfuerzo para mantener la compostura.

–Mi padre me ha dicho que vas a convocar una reunión de Caspia Designs –comentó Faris apretando los labios.

–Sí, Tessa ha convocado al Consejo de administración para el martes.

–Mi padre se aburre jugando al golf todo el día. La empresa era una gran distracción para él.

–Ya –murmuró Sebastian apretando los dientes–. Ha llegado el momento de darle un nuevo giro a la gestión.

–No olvides que mi padre es el mejor amigo del tuyo –le recordó Faris enarcando una ceja.

«Ahora lo entiendo todo», pensó Tessa, que se había preguntado muy a menudo cómo era posible que la empresa hubiera estado en manos de gente tan incompetente durante tanto tiempo.

Durante aquellos años, las deudas se habían ido amontonando, no se habían hecho estudios de mercado, los costos de producción habían sido desorbitados y, los márgenes de beneficio, minúsculos, incluso con los productos más caros.

Pero dejó de pensar en la empresa cuando la orquesta comenzó a tocar otra canción y se quedó alucinada al ver que todo el mundo salía a la pista de baile.

–Vamos –le dijo Sebastian agarrándola de la mano–. Es nuestro baile nacional. Te va gustar.

Tessa dejó que Sebastian la llevara hasta la pista. Una vez allí, la agarró de la mano y comenzaron a dar vueltas al ritmo de algo parecido a una polca enloquecida. Se movieron al ritmo de las trompetas y de los timbales y Tessa se dejó llevar por Sebastian, que la guió tan bien que cualquiera habría dicho que se sabía el baile.

Cuando las trompetas cesaron su canto, Tessa tenía la respiración entrecortada y quería volver a bailar aquel baile de nuevo.

–Te lo he dicho –dijo Sebastian apartándole un mechón de pelo de la cara.

A él no se le había movido ni un pelo y sus rasgos faciales no reflejaban ninguna emoción, pero había algo nuevo y diferente en lo más profundo de sus ojos y Tessa no pudo evitar estremecerse ante su mirada.

–Ha sido muy divertido –declaró sinceramente.

La música se hizo más lenta y Tessa pensó que no le iría nada mal ir al baño para ver qué tal tenía el maquillaje, pero Sebastian la tomó entre sus brazos.

–Ni se te ocurra pensar que te voy a dejar marchar –le dijo.

Tessa se rió, en parte porque estaba un poco nerviosa de volverse a encontrar entre sus brazos. Al instante, percibió su inconfundible olor, masculino y almizclado, y dejó que la música los arrastrara.

–¿De qué estábamos hablando antes de que nos interrumpieran? Ah, sí, me estabas diciendo que jugabas al baloncesto –comentó Sebastian–. ¿En el colegio o en la universidad?

–En los dos –contestó Tessa–. Gracias al baloncesto me dieron una beca para St. Peter's y otra para la universidad.

–¿Tu familia no tiene dinero?

–No tanto. Mi padre tuvo el mismo trabajo durante cuarenta años y ganaba un buen sueldo, pero no lo suficiente como para mandarme a las mejores instituciones de Inglaterra.

–¿A qué se dedicaba?

–Era conserje –contestó Tessa mirándolo a los ojos.

Sebastian la miró confundido.

–¿Conserje? ¿Se dedicaba a…?

–¿Limpiar el colegio? Sí, exacto –contestó Tessa.

Le habría gustado poder contestar con más naturalidad, pero había tenido aquella conversación muchas veces y siempre terminaba en risas y cejas enarcadas. Nunca la volvían a tratar igual, lo que estaba bien porque la ayudaba a tener claro qué personas la trataban con respeto y dignidad y qué personas no.

Tessa supuso que Sebastian la iba a mirar horrorizado y que se iba a burlar de ella, pero lo que vio en sus ojos fue muy diferente.

Admiración.

–Me dejas boquiabierto –comentó sinceramente–. Además de que me acabo de enterar de que debías de ser una jugadora de baloncesto maravillosa, has conseguido apañártelas en la jungla social de dos de los colegios más exclusivos del mundo.

–Bueno, yo no diría tanto –sonrió Tessa–. Conseguí apañármelas porque siempre iba con el hacha en el hombro –le explicó.

–Mi habría gustado verlo –se rió Sebastian.

–Te aseguro que no era divertido.

–Estoy seguro de que parecerías una más entre los hijos de todos esos empresarios y dignatarios extranjeros porque pareces un aristócrata, una princesa estadounidense.

En aquella ocasión, fue Tessa la que se rió.

–Claro. ¿Y cómo son las princesas estadounidenses?

–Majestuosas –sonrió Sebastian.

–Viniendo de quien viene la descripción, tendré que creérmela –contestó Tessa.

Le resultaba muy fácil olvidarse de que Sebastian era un príncipe europeo heredero porque lo normal era que un monarca fuera estirado y distante, se vistiera en Jermyn Street y no en un sastre de Milán y llevara chaquetas de tweed en tonos tierra y no camisetas de Dolce & Gabbana que le marcaban los bíceps.

Por otra parte, lo normal era que un futuro rey viajara mucho, bailara, fuera a fiestas, saliera a navegar en barco, montara a caballo, esquiara y sedujera a mujeres guapas.

En ese sentido, Sebastian era un príncipe de lo más tradicional y más le valía no olvidarlo.

Sebastian no podía dejar de mirar a Tessa, no podía dejar de fijarse en su maravilloso cuerpo y no podía dejar de tocarla.

Cada vez que lo hacía, sentía una descarga eléctrica. Tenía calor y le habría encantado quitarse la chaqueta, pero el protocolo se lo impedía.

Además, ya tendría tiempo más tarde de desnudarse. Mientras bailaba con ella, se iba imaginando cómo le iba a quitar aquel precioso vestido centímetro a centímetro.

Tessa le sonrió y Sebastian sintió que el deseo se apoderaba de él. Aquella mujer tenía una sonrisa natural y espontánea que no tenía nada que ver con las sonrisas falsas y calculadas a las que él estaba acostumbrado.

–Tu madre nos está mirando –comentó Tessa.

Sebastian percibía su olor. Aquella mujer olía a miel.

–¿Estará enfadada porque no paras de bailar con tu secretaria? –le preguntó preocupada.

–No –contestó Sebastian dándole un beso en la oreja–. Supongo que estará cegada por tu increíble belleza.

Tessa parpadeó.

–¿Te he avergonzado? –le preguntó Sebastian.

–Sí –contestó Tessa–. Me enseñaron que tuviera cuidado con los aduladores.

–Buen consejo, pero yo sé de muchas mujeres que se disgustarían si los hombres no las miraran.

Faris, por ejemplo. Ella vivía para ser el centro de atención. Sebastian rezaba para que algún hombre que le gustara se fijara en ella y, así, lo dejara en paz.

Su madre le había asegurado que Faris estaba esperándolo a él.

Pues podía esperar sentada.

–¿Por qué sonríes? –le preguntó Tessa sonriendo también.

Sebastian no contestó, se limitó a apretarse un poco más contra ella. Estaban bailando completamente pegados, sin apenas mover los pies, y Sebastian se moría por acariciarle la espalda, que el vestido dejaba al descubierto.

Tessa le estaba acariciando el pelo de la nuca y Sebastian se apretó todavía un poco más contra ella. Sus caderas estaban en contacto y se movían al mismo ritmo hipnótico.

Sebastian la miró a los ojos y vio que Tessa los había cerrado y que parecía subyugada. Al instante, sintió algo muy potente en el pecho y entre las piernas.

Tessa se había olvidado de todos los que estaban en el baile, se había entregado a la música, al baile y a él.

Sebastian la besó con ternura en el cuello y Tessa se frotó contra él. Aquel movimiento tan sensual lo sorprendió. ¿Acaso había olvidado que estaban rodeados por miles de personas? A él le resultaba imposible olvidarlo. Él siempre estaba alerta para dejar bien a su país hiciera lo que hiciera, pero en aquellos momentos estaba comenzando a olvidarse de la rígida etiqueta.

Cuando sus labios se encontraron, Sebastian comprobó que Tessa sabía a menta. Su lengua lo retó a duelo y Sebastian aceptó el desafío, apoderándose de su boca al ritmo de la música.

Tuvo que hacer un gran esfuerzo para no acariciarla de pies a cabeza y gimió de placer cuando Tessa le lamió el labio inferior.

La deseaba.

Quería hacerla suya inmediatamente.

—Tessa —jadeó sintiendo que la vista se le nublaba.

Tessa no contestó, pero se apretó contra él un poco más. El contacto era tan intenso que Sebastian sintió que le iba a explotar la entrepierna.

De repente, Tessa se apartó y dio unos pasos atrás.

—Oh, Dios mío… —se lamentó.

—Vámonos a un sitio más tranquilo —le dijo Sebastian.

Tessa lo miró con los ojos muy abiertos.

—No podemos… tú no puedes —contestó mirando a las demás parejas que estaban bailando a su alrededor.

—Claro que puedo —contestó Sebastian.

—Tus padres se enfadarían. No quiero que piensen que ha sido por mi culpa…

—Me da igual lo que piensen —insistió Sebastian—. Si no vienes conmigo ahora mismo, llamo a la guardia para que te arreste y te lleve a mis aposentos.

–Vaya, nunca me ha arrestado la guardia de un palacio –bromeó Tessa–. A lo mejor me gusta la experiencia.

–No me tientes.

–No creo que me fuera posible tentarte más –contestó Tessa mirándole la entrepierna.

Sebastian sintió que la erección le palpitaba con fuerza.

–Si no vienes conmigo ahora mismo, podría acusarte de alta traición. Es un delito muy grave –añadió.

Tessa ladeó la cabeza y se rió.

–¿Se han negado muchas mujeres?

–Ninguna –contestó Sebastian mirándola con deseo.

No podía más, así que la agarró del brazo y tiró de ella. Tessa intentó zafarse, pero Sebastian no se lo permitió porque sabía, tenía muy claro, que lo deseaba tanto como él a ella.

Capítulo Ocho

–¿Adónde demonios se cree Sebastian que va con esa joven? –se indignó la reina Rania.

–No tengo ni idea, cariño –contestó su marido el rey.

–Querrás decir que no lo quieres verbalizar porque los dos sabemos adónde van. ¿Cuándo va a crecer este chico?

–Sebastian tiene treinta y cuatro años y está muy crecidito.

Rania apretó las mandíbulas. Su marido podía ser muy obtuso cuando quería. Todos sus amigos de las casas reinantes europeas estaban en su palacio aquella noche y a su hijo no se le ocurría nada mejor que ir a acostarse con… una empleada.

La reina se estremeció.

–¡No es más que su secretaria! –exclamó.

–Es una chica encantadora –contestó el rey.

–¿Has olvidado que tu hijo es el futuro rey de este país?

–No, no lo he olvidado.

–Debería cortejar a mujeres de su clase, chicas de sangre noble.

–Estoy seguro de que Sebastian sabrá elegir una esposa excelente.

–¿Ah, sí? ¿Y cómo puedes estar tan seguro? Porque la verdad es que yo no estoy nada segura –insistió la reina abanicándose con una servilleta.

Tenía muy claro que algún día moriría y que el futuro dependía de la próxima generación. Tal vez, su hijo la estuviera concibiendo en aquellos mismos instantes con una secretaria.

Aquello hizo que la reina se abanicara con más fuerza.

–Cariño –le dijo el rey–, es cierto que nuestro hijo comete locuras, pero es caspiano de pies a cabeza, ama a su país y a su gente. No te preocupes. Cumplirá con su deber y se entregará a ellos, será su rey. ¿Por qué no dejar que se divierta antes de que tenga que asumir tanta responsabilidad?

–¿Te perdiste tú toda esa diversión por casarte conmigo tan joven?

–Rania –contestó del rey besándola detrás de la oreja.

Cuando la besaba así, la reina todavía se estremecía.

–Estoy preocupada –confesó–. Sería mejor para todos que se casara con una chica agradable como Faris.

–Faris es todo menos agradable –contestó el rey mientras miraba a la multitud que bailaba y se divertía.

–Es la hija de tu mejor amigo. ¿Qué diría Deon si te oyera decir algo así?

–No tengo intención de que me oiga y tampoco tengo intención de que mi hijo se case con Faris Maridis.

–Pero si se conocen desde que nacieron. Después de nuestra familia, la suya es la más importante de Caspia. Y es muy guapa, no puedes negarlo.

–Claro que es guapa, pero me apiado del pobre tonto que se case con ella.

–¿Y si tu hijo elige a una mujer como su secretaria? Con lo cabeza loca que es, es capaz de hacerlo –dijo la reina–. Además de que es estadounidense, no procede de una familia de dinero. Me lo ha dicho Sebastian.

–¿Se lo has preguntado? –le preguntó su marido enarcando una ceja.

–Claro. ¿Por qué no?

Su marido estalló en carcajadas y la reina frunció el ceño, pero pronto se recuperó y adoptó de nuevo la expresión de beatífico contentamiento que solía lucir en público.

No resultaba fácil ser reina.

Aunque era champán francés, a Faris le estaba sabiendo a agua de fregar.

«¡Delante de todo el mundo!», se lamentó.

Se habían estado besando como adolescentes. Había sido asqueroso. Ella con los ojos cerrados bailando al ritmo de la música mientras él se la comía a besos. Sebastian no había tenido ningún decoro ni ninguna consideración con sus amigos y con su familia.

Faris se sentía furiosa y humillada.

Nunca le había importado que Sebastian apareciera en las revistas y en los periódicos con una chica diferente cada semana, pues se decía que ninguna de aquellas actrices estaba a su altura, así que se dijo que aquella chica que se ganaba la vida ordenando el despacho tampoco lo estaba y que no tenía nada que temer.

Tessa Banks no era nadie, solamente era una empleada.

Entonces, ¿por qué la había acariciado Sebastian como si fuera el amor de su vida? La había mirado fijamente, le había acariciado el pelo y la había besado.

Faris nunca lo había visto así.

Sebastian era suyo.

Se conocían desde pequeños, sus madres siempre habían bromeado diciendo que algún día se casarían.

Sí, estaban hechos el uno para el otro.

Algún día, sería la reina Faris de Caspia.

No le importaba esperar porque ya llevaba treinta y cuatro años esperando. Menos mal que no aparentaba más de veinticinco, pero la gente estaba empezando a hablar, pues se acercaba el momento de que se casara.

Faris estaba decidida a que Sebastian la pidiera en matrimonio aquel mismo año y estaba dispuesta a hacer lo que fuera necesario.

***

110

Mientras Tessa se alejaba con Sebastian por un largo pasillo, la fiesta fue quedando atrás.

–Aquí –anunció Sebastian metiéndola en una habitación que estaba a oscuras y cerrando la puerta.

Tessa tomó aire. No veía absolutamente nada. Estaba muy excitada. De repente, se encendió una luz. Se trataba de una lámpara de aceite, que Sebastian había encendido.

–En esta habitación no hay luz eléctrica –le dijo.

–¿Dónde estamos? –le preguntó Tessa percibiendo cierto olor a incienso en el aire.

–En la parte más antigua del palacio. Aquí, las paredes tienen veinticinco centímetros de grosor. Nadie nos oirá –declaró con la voz tomada por el deseo.

Tessa se sonrojó y sintió que se le endurecían los pezones. Sebastian encendió otra lámpara de aceite e iluminó una zona de asientos bajos que había en el otro extremo de la estancia. Los almohadones eran de brocado y el hilo con el que estaban cosidos era de oro.

–¿Estás cansada? –le preguntó Sebastian tomándola de la mano.

–No –contestó Tessa–. ¿Y tú?

Sebastian le contestó dándole un beso apasionado y acariciándole por encima del vestido los pechos, la espalda y los muslos con movimientos lujuriosos que no tenían nada que ver con el decoro con el que se había conducido durante la fiesta.

Tenía los ojos tan oscuros por el deseo que parecían dos pozos sin fondo. A Tessa se le pasó por la cabeza que la iba a desnudar rápidamente, pero Sebastian le dio la vuelta lentamente y le colocó las manos en la cintura. A continuación, le desabrochó los botones y se quedó mirando su espalda desnuda.

Acto seguido, dejó que el vestido se deslizara por la piel de Tessa.

–Estabas muy guapa con él, pero sin él estás todavía mejor –suspiró.

A continuación, con dedos temblorosos por el deseo, le desabrochó el sujetador y se lo quitó lentamente. Tessa sintió que los pezones se le endurecían e intentó mantener la compostura mientras Sebastian la besaba por la nuca. Sin mediar palabra, se arrodilló detrás de ella y le bajó las braguitas de seda, dejándola única y exclusivamente con los zapatos de tacón.

A continuación, se puso en pie y Tessa se giró lentamente hacia él. Lo que vio en sus ojos hizo que el corazón le diera un vuelco. Sebastian la estaba mirando con deseo, por supuesto, pero en sus pupilas había algo más, algo mucho más profundo.

Tessa también lo deseaba apasionadamente, así que le quitó la chaqueta y le desabrochó la camisa. En un abrir y cerrar de ojos, ambos estaban luchando con la bragueta de su pantalón. Sebastian se apresuró a colocarse un preservativo y la penetró lentamente, agarrándola de las nalgas mientras Tessa se apretaba contra él, excitada hasta límites insospechables, aferrándose a sus hombros mientras Sebastian introducía su erección en su cuerpo.

La gran columna de piedra en la que tenía la espalda le sirvió de apoyo mientras Sebastian le devoraba la boca y la embestía con fuerza. Ya no podían contener el deseo abrasador que se había formado entre ellos mientras bailaban.

Sus abdómenes se encontraron mientras ambos se estremecían. Los besos de Sebastian no hicieron sino aumentar el deseo que Tessa sentía.

Se moría por sentirse un solo ser con él aunque sólo fuera durante unos segundos, así que arqueó las caderas para sentirlo todavía más adentro y se aferró a su camisa.

Sebastian la penetró con fuerza y la llevó a otra dimensión donde el deseo lo era todo, donde el mundo se disolvía, donde no había barreras entre ellos, donde los dos explotaron en un increíble orgasmo.

La sensación fue tan intensa que Tessa perdió la consciencia durante un segundo, pero, cuando volvió, se encontró entre los fuertes brazos de Sebastian y sintió un alivio agridulce al percibir que la tensión había desaparecido de su cuerpo.

–Ahora me siento mucho mejor –murmuró Sebastian abrazándola con fuerza.

–Yo, también –contestó Tessa–. ¿Qué te parece si nos sentamos? Me tiemblan las piernas y no me quiero caer al suelo.

–Buena idea –contestó Sebastian saliendo de su cuerpo.

Tessa se estremeció. Ya lo echaba de menos. Lo quería sentir de nuevo dentro. Y lo peor fue que Sebastian se alejó y se perdió en la oscuridad, dejándola allí, de pie y desnuda junto a la columna. No tardó en volver, sin embargo, y lo hizo con una gran tela de seda.

–Levanta los brazos –le indicó.

Tessa obedeció y Sebastian le colocó la tela morada de borde dorado alrededor con maestría y, a continuación, la aseguró en su hombro con un alfiler de oro.

–Me siento como si estuviera en otra época –murmuró Tessa cuando la tela cayó hasta el suelo.

Sebastian sonrió y la tomó en brazos sin previo aviso, cruzó el salón y la depositó suavemente sobre los cojines.

–¿Quieres champán? –le preguntó.

Sebastian se había quitado la camisa y su torso musculado y bronceado resplandecía a la luz de las velas.

–Sí –contestó Tessa–. ¿Para qué se utiliza este salón? –le preguntó mientras Sebastian se perdía detrás de una pared y aparecía con una botella en la mano.

–Es la antecámara que hay detrás del salón del trono. A veces, los invitados esperan aquí durante los actos oficiales.

–Claro, eso explica por qué hay champán –contestó Tessa aceptando la copa–. ¿Y por qué hay ropa de seda? ¿Por si alguien se tira el Moët Chandon por encima?

Sebastian sonrió.

–La prenda que llevas pertenece a la colección nacional. La hicieron los artesanos encargados de fabricar la ropa de la familia real.

–Oh, Dios mío –comentó Tessa–. No creo que deba llevarla puesta. Estoy un poco sudada.

Sebastian se encogió de hombros.

–¿Para qué guardar cosas que no nos vamos a poner? Los artesanos pusieron todo su corazón y su conocimiento para crear prendas maravillosas. Seguro que preferirían que acariciaran la piel de una mujer guapa que acaba de mantener un encuentro apasionado a que quedaran en un baúl esperando a que alguien se las ponga algún día.

–¿Son muy antiguas? –le preguntó Tessa.

–Sí, ten en cuenta que el siglo XX fue muy difícil para las monarquías europeas. Es un milagro que todavía tengamos tesoro de la corona. ¿Quieres ver las joyas?

–Claro que sí –contestó Tessa haciendo amago de ponerse en pie.

–No hace falta –le indicó Sebastian–. Ya te las traigo yo.

Mientras esperaba, Tessa probó el champán. Sebastian volvió con una enorme caja de madera oscura que parecía pesar mucho.

–¿Qué hay ahí dentro? ¿Lingotes de oro? –bromeó Tessa.

Sebastian la miró y sonrió y Tessa sintió que se

sonrojaba bajo su mirada. Sebastian levantó la tapa, metió la mano y sacó algo brillante.

–Mira –le dijo.

Tessa vio algo que brillaba a la luz de las velas. Sebastian se colocó detrás de ella, le puso algo en el cuello y se lo abrochó.

–Perfecto.

–¿Es un collar? –preguntó Tessa tocándolo en la penumbra–. ¿Qué son estas piedras?

–Rubíes.

–Oh –se maravilló Tessa–. ¿Es de oro?

–Sí, de veinticuatro quilates, el mejor del mundo –contestó Sebastian.

–El oro de verdad es muy suave, ¿verdad?

–Sí, por eso se guarda para ocasiones especiales, como esta noche –contestó Sebastian mirándola a los ojos.

Tessa sintió que el corazón le daba un vuelco. Sebastian sacó otro tesoro del baúl.

–Dame tu brazo derecho.

Tessa alargó el brazo y Sebastian le colocó una pulsera en la muñeca. Pesaba mucho y se le ceñía a la piel.

–Como eres muy delgada, te queda bien –comentó.

–¿Cuántos años tienen estas cosas? –quiso saber Tessa.

–La mayoría son del Imperio Bizantino, pero muchas podrían ser de antes. Caspia fue saqueada en el año 550, durante el reinado de Justiniano. Quemaron la biblioteca y todos los archivos. Por eso, nuestra historia parece una leyenda –le explicó colocándole una corona de oro con una sola gema en la frente.

Tessa se ruborizó. Tanto por la seriedad que reflejaba el rostro de Sebastian como por aquella situación tan extraña. Jamás habría soñado con estar en el palacio de Caspia vestida como una princesa.

De repente, se sintió disfrazada.

–¿Qué te ocurre? –le preguntó Sebastian.

–Me siento rara –contestó sinceramente.

Sebastian la tomó de la mano y la ayudó a ponerse en pie.

–No digas tonterías –le dijo dando un paso atrás–. Estas joyas están hechas para ti –declaró.

Sebastian no podía dejar de mirarla.

Parecía una diosa dorada, alta y regia, de rasgos cincelados por las luces y las sombras de las velas, ataviada con aquella prenda de seda magnífica que elevaba su cuerpo a la perfección y aquellas piezas de oro que subrayaban su belleza natural.

No podía pensar y apenas podía respirar.

–Soy yo, Tessa –le dijo con cautela.

–Ya lo sé, pero no puedo dejar de mirarte.

–Supongo que te resultará extraño ver las joyas de la familia real en una persona normal y corriente como yo. Me las voy a quitar.

–¡No! –exclamó Sebastian–. Me encanta verte con ellas puestas. En parte, porque como tú muy bien has dicho, eres una persona normal y corriente. Es algo que me encanta de ti. Al ser normal y corriente, todavía tienes la capacidad de maravillarte, no estás aburrida de la vida, como muchas mujeres que conozco.

–Supongo que no he tenido oportunidad de aburrirme de todas estas cosas porque nunca las he tenido, pero, si fuera a unos cuantos bailes, saliera a navegar todos los días, a montar a caballo a menudo y bebiera champán constantemente, me aburriría soberanamente.

–De eso, nada.

–¿Cómo lo sabes?

–Lo sé.

–Pues me aburrí de ser tu secretaria –le recordó Tessa.

Sebastian sonrió.

–No me extraña. Menudo trabajo mas aburrido.

–Se me da mejor montar a caballo que pasar cartas a ordenador.

–Te doy toda la razón –contestó Sebastian.

Tessa lo miró con los ojos muy abiertos.

–A ver si me entiendes. No tengo queja de tu trabajo –le aclaró Sebastian–, pero creo que es una pena que te consumas en un puesto así. Es un desperdicio de talento. Tú estás hecha para algo más grande que estar sentada contestando el teléfono.

–¿Cómo qué? –le preguntó Tessa cruzándose brazos.

«Tú estás hecha para ser mi reina», pensó Sebastian.

El pensamiento había sido tan repentino que lo tomó completamente por sorpresa y tuvo que tragar saliva y carraspear.

–Quiero que esta noche durmamos en mi cama –declaró.

Tessa lo miró confusa.

–Hay un pasadizo secreto, así que no nos va a ver nadie –le explicó Sebastian a sabiendas de que Tessa prefería que todo aquello permaneciera en secreto.

A continuación, cerró la caja y la agarró bajo el brazo.

–Esto nos lo llevamos. Quiero verte con todas las joyas puestas.

Tessa se rió.

–No me pienso negar. No todos los días tiene una la oportunidad de verse con cosas tan bonitas.

Sebastian recogió su ropa, agarró a Tessa de la cintura y la guió a través de un pasadizo que comunicaba el palacio antiguo con el ala del siglo XIV donde estaban sus habitaciones. Una vez en su cama, cubrió a Tessa de esmeraldas y lapislázulis.

Aquella situación se le antojaba mágica, pues a pesar de que estaban en la habitación que había ocupado desde pequeño y que algún día compartiría con su mujer, la estancia parecía transformada por la presencia de Tessa.

Era cierto que no era la primera vez que Sebastian jugaba con las joyas reales y las mujeres, pues sabía que aquella técnica de seducción era infalible, pero, en aquella ocasión, el seducido estaba siendo él, pues ver a una mujer tan maravillosa como Tessa con aquellas piezas resultaba impresionante.

–Te estás pasando, Sebastian. ¿Qué pasaría si mañana me despertara y no me sintiera bien sin esmeraldas?

–Muy fácil. Te compraría esmeraldas.

–Desde luego, esto de ser príncipe te hace perder el contacto con la realidad.

–Yo estoy en contacto diario con la realidad –protestó Sebastian, aunque en aquellos momentos lo que quería era estar en contacto con sus pechos y con sus muslos.

–Cuando vuelva a casa, se acabaron las esmeraldas para mí.

Sebastian frunció el ceño.

¿A casa? ¿Por qué demonios estaría pensando Tessa en volver a Estados Unidos?

–Te equivocas. Tú siempre tendrás esmeraldas –le dijo–. Tus ojos.

Tessa se rió.

–Me estás mimando en exceso y no deberías hacerlo, porque tengo una vida normal y corriente a la que tengo que volver. Caspia me está haciendo perder el norte.

–¿Por qué? ¿Te estás enamorando?

Tessa sintió que el corazón le daba un vuelco, pero se recuperó rápidamente.

–¿Cómo no me iba a enamorar de este lugar si todo en él es perfecto? El mar, el cielo, las montañas y la gente, tan cariñosa.

–El polvo, las moscas, las cabras y el olor a pescado, tan penetrante –sonrió Sebastian.

–Exacto. Perfecto –insistió Tessa.

Sebastian sintió que el corazón le daba un vuelco. A él le gustaba todo de aquel país, incluso lo que otros criticaban, y ahora resultaba que Tessa sentía lo mismo.

«Perfecto».

Más le valía no tener pensado volver con Phil o Paul o como se llamara, porque no lo iba a permitir. Después de aquella noche, Tessa no podría pensar en otro hombre. Estaría tan cansada, saciada y satisfecha que no se acordaría de él.

Sebastian sintió que el deseo se apoderaba de él. Quería desnudarla de nuevo, quería volver a sentir su piel. Las joyas acentuaban su belleza, pero no la mejoraban porque Tessa era perfecta tal y como era.

Sebastian le quitó el collar de esmeraldas y la besó en los labios. Tessa le metió la lengua en la boca y comenzó a besarlo con pasión. El collar se deslizó entre sus cuerpos y se perdió entre las sábanas mientras Sebastian se perdía entre sus labios, entre sus brazos y entre sus piernas.

Cuando volvió a hacerle el amor, no pensaba en encandilarla ni en convencerla de nada, porque lo cierto era que no podía pensar.

Tenía el corazón lleno de emociones a las que no sabía poner nombre.

¿El corazón?

Sus amigos solían tomarle el pelo diciéndole que no tenía corazón, pero no era cierto. Sebastian era consciente de que tenía corazón. De hecho, era una persona muy cariñosa… pero en relaciones cortas.

Sebastian se quedó mirando a Tessa, que estaba tumbada a su lado, durmiendo, con la cabellera esparcida sobre la almohada y una expresión angelical en el rostro.

Tomó aire para ver si así se le soltaba el nudo que sentía en el pecho, pero no lo consiguió.

Sí, era cierto, tenía corazón, pero temía estar a punto de perderlo.

Capítulo Nueve

Tessa no bajó a desayunar.

Sebastian se dijo que no había motivo para preocuparse, pues ya era mayorcita y no tenía por qué ser su sombra.

Sebastian se sentó y se sirvió unos huevos revueltos. Su padre estaba leyendo el periódico y su madre estaba hablando por teléfono. Sebastian bostezó y se puso a mirar el correo intentando olvidarse de la cantidad de cartas que tenía sin leer en Nueva York.

Un par de invitaciones para fiestas y una postal de su amigo Ravi que estaba de viaje por Nepal.

Sebastian abrió un sobre de color marfil con su abrecartas de plata y vio un folio impreso en el que leyó:

Eres el futuro rey de Caspia.
Algún día, tus hijos gobernarán este país.
No insultes a tus súbditos casándote con una extranjera.
Sobre todo, con una extranjera de clase social baja como Tessa Banks.

Sebastian sintió que el estómago le daba un

vuelco de rabia. ¿Quién se atrevía a insultar a Tessa así? Apartó la cafetera de la llama que la mantenía caliente y puso encima la hoja de papel, que se retorció y se convirtió en cenizas.

–¿Qué haces? –le preguntó su madre.

–Esto no sirve.

–Haberle dicho a Theo que te trajera una papelera.

Sebastian estaba acostumbrado a las envidias y a los escándalos. Era lo que tenía ser miembro de la familia real. Mientras untaba mantequilla y mermelada en un panecillo, se olvidó por completo de la nota.

Tessa estaba en uno de los espaciosos despachos del palacio, leyendo sus notas y la información para la reunión. Tenía pensado llamar a todas las personas que iban a asistir para confirmar su llegada y recordarles el tema central de la reunión.

Había ido a Caspia en viaje de negocios y no quería olvidarlo, así que se había puesto un traje pantalón en tono crema. Había visto a los empleados mirándola de reojo por los pasillos. Sin duda, se estarían preguntando qué demonios estaba haciendo recorriendo Caspia con su príncipe cuando se suponía que había ido a organizar una reunión.

Tessa no sabía lo que estarían pensando, pero estaba dispuesta a demostrarles que se equivocaban.

Bueno, lo cierto era que no estaban exactamente equivocados. Se apartó un mechón de pelo de los ojos y suspiró. Había sucumbido a los encantos de Sebastian como muchas otras mujeres.

Probablemente, no habría podido hacer nada aunque hubiera querido hacerle frente porque aquel hombre era demasiado, su energía y su espíritu, su amabilidad y su pasión, su calidez y…

«Que tienes que trabajar», se recordó a sí misma.

Consultó los números que tenía ante sí y se dispuso a marcar el primero, pero dudó. De repente, recordó la manera en la que Sebastian la había mirado la noche anterior cuando estaba sentada en su magnífica cama. El recuerdo hizo que se quedara sin aliento. Sebastian la había mirado con los ojos muy abiertos y con… ¿amor?

Imposible.

Un inmenso calor se apoderó de ella y Tessa se apartó el pelo de la nuca. Le costaba concentrarse en el trabajo porque no podía dejar de pensar en Sebastian.

No podía olvidar sus manos acariciándole todo el cuerpo, sus besos o cómo le había hecho el amor, llevándola hasta el éxtasis, la íntima conversación, sus sonrisas y sus caricias.

Claro que Sebastian siempre se mostraba cariñoso y entusiasta con todo el mundo, ya fuera persona o animal. Todo el mundo le caía bien. Tessa lo había visto darle un abrazo incluso a un olivo.

Al recordar aquel detalle, sonrió encantada y

sintió que el pecho se llenaba de afecto hacia él. Llevaban trabajando juntos cerca de cinco años y su relación siempre había sido profesional, cordial y educada, pero, de repente, todo había cambiado.

Sebastian había bailado con ella delante de cientos de invitados, la había abrazado y la había besado como si fuera… su novia.

¿Se estaría volviendo loca o realmente había una posibilidad?

La pantalla de la agenda digital se había puesto negra y Tessa se recordó que tenía que trabajar, así que se concentró en las llamadas. Aun así, no pudo evitar preguntarse si Sebastian la estaría buscando.

Al instante, sintió que el deseo se apoderaba de ella.

Cuando terminó de hacer las llamadas, el sol estaba alto en el cielo, así que decidió salir a la terraza y disfrutar de la vista sobre el puerto mientras tomaba el sol y pasaba a mano unas notas, así que salió del despacho, colocó el ordenador portátil sobre una mesa de piedra y se estiró.

Entonces, se dio cuenta de que había alguien observándola.

Se trataba de una mujer alta y delgada que estaba en el otro lado de la terraza.

–Buenos días, señorita Banks –la saludó.

–Hola –contestó Tessa cegada por el sol.

No era la reina, pero le sonaba de algo.

Era Faris, la mujer que la noche anterior llevaba un vestido azul y había hecho aquellos comentarios tan desagradables.

¿Qué demonios hacía allí?

Faris se acercó a ella. Sus tacones resonaron sobre el suelo de piedra. Llevaba puesto un vestido blanco largo que marcaba su voluptuoso cuerpo.

–Supongo que estarás ocupada con los detalles de tu reunioncita.

Tessa se tensó.

–Es una reunión muy importante a la que van a venir treinta directores.

Faris hizo un gesto con la mano en el aire como para quitarle importancia y se rió.

–Supongo que tiene que ser muy aburrido organizar este tipo de cosas. Admiro mucho a las chicas que trabajáis. Yo no sería capaz de hacer cosas tan feas.

–Cuando tienes la suerte de trabajar en algo que te gusta y de hacerlo en un entorno tan maravilloso como esta preciosa terraza, las cosas se hacen con gusto –sonrió Tessa.

–Debe de ser maravilloso contentarse con tan poco, pero supongo que te acostumbras –comentó mirando el horizonte–. Supongo que lo difícil será volver a la vida rutinaria cuando has probado la vida de palacio.

–Ya me las arreglaré –contestó Tessa organizando los papeles que tenía sobre la mesa e intentando no pensar en lo difícil que se le iba a hacer volver a su vida en Nueva York.

Desde luego, no se iba a ir a vivir a California. Después de haberse acostado con Sebastian, aquella posibilidad quedaba fuera.

Tessa se sintió incómoda de repente, además de culpable por haber engañado a Patrick. Tenía miedo de lo que sucedería porque no era tan ingenua como para creer que tenía futuro con Sebastian.

—Sebastian es un encanto, ¿verdad? —comentó Faris mirándola de frente—. Seguro que te ha tratado como a una princesa.

Tessa frunció el ceño.

—Desde luego, se ha portado muy bien conmigo, sí.

—¿Qué te puso primero? ¿La corona de oro o el collar de esmeraldas? —insistió Faris ladeando la cabeza y sonriendo con malicia.

Tessa se quedó mirándola con la boca abierta.

—Entre nosotras… cómo pesan esos rubíes, ¿verdad?

—No sé de lo que me estás hablando —contestó Tessa tragando saliva.

—¿Creías que sólo lo había hecho contigo porque eres especial para él? —se burló Faris—. Sebastian puede llegar a ser muy retorcido, pero no se lo tomes a mal. En ningún momento ha querido romperte el corazón. Es que él es así. No puede evitarlo —se rió—. Y no te sientas culpable porque la mitad de las mujeres de Europa han llevado esas joyas. Incluida yo.

Tessa sintió un inmenso deseo de abofetear a Faris, pero también de hablar con Sebastian para…

—Siento mucho ser tan… burguesa, pero tengo que trabajar —declaró tomando aire.

—Claro, claro —sonrió Faris—. Sólo quería advertirte. Somos amigas –declaró haciendo especial hincapié en la última palabra.

Tessa sintió que su estado de ánimo quedaba por los suelos mientras Faris se alejaba y salía de la terraza. Una vez a solas, se arrellanó en la silla de hierro llena de cojines.

¿Cómo podía haber sido tan ingenua? ¿Cómo podía haber creído que Sebastian la había vestido como a una reina porque quería que fuera su reina?

No había sido más que un prolegómeno para él, una técnica de seducción practicada que, por otra parte, se podría haber ahorrado porque ella ya había quedado seducida en la pista de baile.

Además, ya habían hecho el amor… bueno, más bien, habían practicado sexo… antes de que Sebastian la cargara de joyas.

Tomó aire. No tenía por qué sentirse avergonzada de nada. No había sido idea suya que Sebastian la ataviara como a una diosa. Había sido idea de Sebastian y la había disfrutado.

Al recordar cómo la había mirado, se estremeció de la cabeza a los pies. En aquel momento, sonó su teléfono móvil. Al ver el número de la persona que llamaba en la pantalla, sintió que el corazón comenzaba a latirle aceleradamente, tomó aire y contestó.

–Hola, Sebastian. ¿Qué tal estás?

–Eso depende de cómo estés tú –contestó Sebastian con voz seductora.

–Yo estoy bien.

–Theo me ha dicho que has desayunado temprano porque querías trabajar.

–Así es. Quería llamar a las personas convocadas a la reunión para que me confirmaran su asistencia. Estaba a punto de pasar a ordenador el orden del día.

–Vaya, veo que estás muy ocupada. ¿Tienes sitio para mí en un día tan apretado? –le preguntó Sebastian en tono juguetón.

Tessa no pudo evitar sentirse adulada, pero, al recordar las burlas de Faris, se le heló la sangre.

–Tú mandas. Eres el jefe –contestó.

–Ah, sí, se me había olvidado. ¿Quieres que salgamos a montar a caballo?

–No puedo. Tengo que preparar la reunión de mañana. Quiero poner por escrito el orden del día para que lo mires, me des el visto bueno, hacer copias y mandárselas a los asistentes.

–Eso lo puede hacer otra persona.

–Es mi trabajo.

–Magna te echa de menos.

–¿Quién?

–Tu yegua. Me lo ha dicho esta mañana.

–Venga ya –contestó Tessa chasqueando la lengua, encantada–. El pobre animal estará planeando la venganza.

–Yo sí que estoy planeando mi venganza –contestó Sebastian–. No me puedo creer que me ganaras. Tengo que limpiar mi reputación.

Tessa se moría por volver a montar a la maravillosa yegua, por volver a pasar un día maravilloso al aire libre con Sebastian, pero no sería lo mismo porque ahora sabía que la estupenda noche que habían compartido no había sido especial para él, sino que era algo que hacía con todas.

Tessa sintió que el corazón se le caía a los pies.

–Me encantaría, pero me tengo que concentrar en la reunión. Ya he ganduleado bastante.

–Obedecer las órdenes de tu jefe no es gandulear.

Lo había dicho tan contento. Evidentemente, creía que la tenía encandilada.

Así había sido hasta hacía unos minutos. La verdad era que debía estarle agradecida a Faris, aunque lo que le había dicho había sido cruel.

–Te ordeno que dejes el trabajo administrativo que estás haciendo, que es muy aburrido –le dijo Sebastian.

–No me apetece que me den órdenes –contestó Tessa.

–Pues a mí sí –insistió Sebastian.

Tessa se lo imaginó con una sonrisa picarona y tuvo que hacer un gran esfuerzo para no dejarse arrastrar.

–De verdad, quiero dejar esto hecho –insistió.

–Está bien, pero prométeme que bajarás a comer. Si no apareces, mandaré a la guardia a por ti. A la una en el comedor.

–Muy bien –contestó Tessa colgando el teléfono.

Sería capaz de aguantar otra comida y otra cena, sonreiría y se mostraría educada y digna.

La reunión era al día siguiente, y después de eso, podría volver a casa.

Después de la reunión, dejaría atrás los días más maravillosos de su vida e intentaría olvidarse de Sebastian.

–¡Tessa! –exclamó Sebastian poniéndose en pie para darle la bienvenida en el comedor.

Tessa llegaba con piernas temblorosas. No había visto a los padres de Sebastian desde la noche anterior, cuando se habían besado delante de todo el mundo en el baile.

–Buenas tardes –saludó educadamente.

–Ven a sentarte al lado de mamá –le indicó Sebastian señalando una silla vacía.

Su madre lo miró igual de sorprendida que Tessa. ¿Qué se proponía? A Tessa le había gustado que llamara «mamá» a su madre. Le había parecido muy cariñoso viniendo de un ligón como él.

Sebastian le apartó la silla caballerosamente para que se sentara y volvió a la suya. Su padre estaba sentado en el otro extremo de la mesa, hojeando el periódico. La reina de Caspia la miró de arriba abajo.

–¿Cómo van los preparativos de la reunión de mañana? –le preguntó.

Tessa abrió la boca para contestar, pero Sebastian se le adelantó.

–Tessa no quiere hablar de esas cosas tan aburridas. ¿A que estaba radiante anoche en el baile? –le preguntó a su madre con un brillo especial de admiración en los ojos.

–Sí, llevabas un vestido muy bonito, querida –contestó la reina sin mirar a Tessa–. ¿Es de una de las tiendas nuevas? –le preguntó a su hijo.

Sebastian sonrió encantado. Por lo visto, no se había dado cuenta de que Tessa no estaba tan encantada. Un joven todo vestido de blanco le sirvió pan y ensalada y Tessa intentó comer, pero no le resultó fácil.

La noche anterior había sido completamente mágica, especial y perfecta, y ahora tenía a Sebastian ante sí, ataviado con una camisa de lino blanco y con las mangas arremangadas, dejando al descubierto sus brazos fuertes y bronceados.

Era exactamente la misma persona que el día anterior, el príncipe ligón encantador y jovial que salía cada semana con una mujer diferente.

La que había cambiado era ella.

Tessa sintió que se le secaba la garganta al comprender lo que había sucedido.

Se había enamorado de él.

–Espero que no te hayas olvidado de que esta noche tienes la cena con los Caballeros de la Orden de la Jarretera –estaba diciendo la reina.

Sebastian frunció el ceño.

–¿Otra vez? –se quejó.

–Esos hombres son héroes nacionales. Algunos lucharon en la Segunda Guerra Mundial –lo reprendió su madre.

–Yo creo que todos lucharon en la Segunda

Guerra Mundial porque todos tiene más de ochenta años.

–Razón de más para mostrarles tus respetos y celebrar sus logros. Forma parte de tus deberes reales –le dijo su madre haciendo especial hincapié en las dos últimas palabras.

Tessa se revolvió incómoda en la silla.

–Lo sé y aprecio sus sacrificios –contestó Sebastian mirando a Tessa–. Algunos de ellos cuentan unas cosas increíbles. Ya verás cuando conozcas a Leo Kahn y te cuente lo de… –le dijo echándose hacia delante.

–Imposible, porque Tessa no podrá acompañarte esta noche –lo interrumpió la reina–. Te recuerdo que la cena es solamente para hombres.

Sebastian le dedicó a Tessa una mirada de disculpa y Tessa tuvo que hacer un gran esfuerzo para no suspirar aliviada, porque no quería tener que volver a pasar otra noche junto a Sebastian fingiendo que todo iba bien cuando tenía el corazón roto.

–Además, supongo que Tessa tendrá muchas cosas que hacer para tenerlo todo listo para la reunión de mañana. No está bien por tu parte que distraigas a los empleados para entretenerte –añadió la reina mirando a Tessa de manera penetrante y sonriendo con frialdad.

–Es la primera vez que Tessa está aquí y representa a nuestro país todos los días en Nueva York, así que me parece esencial que se familiarice con Caspia –contestó Sebastian.

La reina pinchó un trozo de tomate y miró a su hijo muy seria.

–Sí, pero no hace falta que se familiarice demasiado.

–Uno jamás se familiariza demasiado con Caspia –intervino el rey–. A mí me gustaría que todo el mundo conociera nuestro país como a un amigo íntimo –sonrió de manera encantadora a Tessa–. ¿Qué es lo que más te ha gustado hasta el momento de nuestro país, cariño? –le preguntó.

«Vuestro hijo».

Tessa tragó saliva.

–Sebastian me llevó ayer a montar a caballo por las montañas. Fue la experiencia más maravillosa de mi vida –contestó con voz trémula.

–Ah, las montañas. Hablas como una caspiana. Los turistas se maravillan con nuestras playas y nuestros edificios antiguos, pero un caspiano sabe que las montañas son la base de nuestro país y la fuente de nuestra fuerza porque nos han protegido de muchas invasiones durante cientos de años. A mí lo que más me gusta en el mundo es salir a montar a caballo por las montañas –afirmó el rey, emocionado.

Tessa pensó que no se mostraría tan encantador con ella si supiera lo que había estado haciendo aquella noche con su hijo único, si supiera que Tessa Banks, secretaria, una don nadie, se había permitido hacerse ilusiones, se había permitido imaginarse que Sebastian realmente la quería.

–Tessa, ¿han confirmado ya todos los asistentes que vendrán a la reunión? –le preguntó la reina.

Tessa carraspeó e intentó hablar con calma.

–Todos excepto uno. Pierre de Rochefauld, de las bodegas Château d'Arc –contestó–. No he podido hablar con él.

–Sus vinos no son muy buenos –le dijo la reina a Sebastian–. Tienen poso. El burdeos que me tomé la última vez me dio dolor de cabeza.

–Últimamente, a ti todo te da dolor de cabeza, mamá. Deberías beber grapa caspiana y dejarte de vinos –le dijo su hijo acariciándole la mano con cariño.

Tessa se sorprendió al ver que la reina le acariciaba la mejilla a su hijo con afecto. A lo mejor no era tan fría y distante como parecía.

–Bueno, entonces, ¿está todo listo para la reunión? –insistió mirando a Tessa.

–No, todavía tengo que hacer las copias del orden del día y tengo que buscar ciertos documentos en los archivos.

–Pues no dejes que te entretengamos –le dijo la reina enarcando las cejas.

–Sí, debo irme a trabajar –contestó Tessa poniéndose en pie, agradecida por la oportunidad que le brindaba la reina de escapar.

–Voy contigo –declaró Sebastian poniéndose en pie también.

–¡Sebastian! Habías prometido llevarme a la nueva tienda de Ferragamo –protestó la reina.

–Mamá, has estado en todas las tiendas de Ferragamo del mundo, así que seguro que te podrás desenvolver sola –le dijo su hijo despidiéndose de ella con un beso en la mejilla.

La reina se quedó mirando escandalizada a su hijo, que se apresuró a salir del comedor detrás de Tessa.

–No le hagas caso a mi madre. No es siempre así de desagradable –le dijo en voz baja mientras avanzaban por el pasillo–. Últimamente está un poco nerviosa. Debe de ser por la menopausia.

Tessa dudaba mucho que fuera a causa de las hormonas. Lo que le debía de pasar a la reina era que estaba harta de tener que compartir mesa con el ligue de turno de su hijo.

Sin embargo, la expresión de disculpa de Sebastian combinada con la confesión familiar tan íntima hizo que Tessa se ablandara. Además, recordó lo que Faris le había dicho.

«En ningún momento ha querido romperte el corazón. Es que él es así. No puede evitarlo».

Y, por lo visto, ella no podía evitar que le rompiera el corazón. ¿Cómo no se iba a enamorar de Sebastian si llevaba cinco años gustándole en secreto? Ahora que había tenido oportunidad de conocerlo mejor, que habían compartido experiencias maravillosas e intimidades increíbles, no era de extrañar que se hubiera enamorado de él.

–Deberías irte de compras con tu madre porque yo tengo muchas cosas que hacer –le dijo.

–Pues te ayudo –se ofreció Sebastian agarrándola de la mano.

Tessa dio un respingo, pero consiguió disimular y siguió andando.

–No es que sea muy divertido. Tengo que localizar unos cuantos informes que nunca llegaron a Nueva York. Por ejemplo, los de Château d'Arc.

–¿Sus informes no han llegado y ahora no puedes hablar con el director de la empresa? –se extrañó Sebastian.

–También es el propietario. Heredó la bodega y los viñedos. He intentado localizarlo varias veces, pero es imposible.

–Lo voy a llamar yo en persona.

–Buena idea. Su secretaria me dice que nunca está y me pone todo tipo de excusas, pero yo sospecho que sí está pero que no se quiere poner al teléfono. Si lo llamas tú, seguro que se pone.

–Privilegios de ser príncipe –contestó Sebastian guiñándole un ojo.

Tessa sonrió, pero la sonrisa se le quedó helada en los labios al recordar los privilegios que Sebastian se había tomado con ella la noche anterior. Probablemente, ni se le habría pasado por la cabeza que ella no iba a poder olvidar aquella noche jamás. Seguramente, él ya habría empezado a olvidarla. Probablemente, no la tendría en mayor estima que el senador Kendrick si hubiera dejado que la besara por el mero hecho de ser senador.

Los hombres ricos y poderosos no tenían por qué pararse a considerar los sentimientos de los demás.

La semana siguiente, Sebastian estaría flirteando y riéndose con otra mujer.

–¿Qué te pasa?

–Nada –contestó Tessa con la respiración entrecortada.

Imaginarse a Sebastian con otra mujer era insoportable y ridículo a la vez, porque era evidente que lo iba a ver con otras mujeres a menos que dejara de leer revistas y periódicos para toda la vida.

Sebastian caminaba tan cerca de ella que Tessa sentía el calor que irradiaba su cuerpo. Cuando llegaron al despacho, le entregó la carpeta en la que estaba toda la información sobre Château d'Arc, incluido el número de teléfono de su propietario. Sebastian se puso al teléfono y Tessa se apresuró a encaminarse a la habitación en la que estaban guardados los informes de la empresa y que estaba situada en el otro extremo del despacho.

Escuchó cómo Sebastian saludaba a alguien en francés mientras se adentraba en la habitación, que era alargada y estrecha. Las paredes estaban cubiertas desde el suelo hasta el techo por estanterías llenas de papeles. Los documentos más recientes estaban en un armario de metal en el despacho, pero en aquella habitación se guardaban los documentos antiguos en baúles de madera.

¿Dónde estarían los documentos sobre Château d'Arc? Había unos cuantos documentos sin importancia entre los archivos recientes, pero ninguna señal de auditorías internas ni datos financieros. A lo mejor se habían quedado traspapelados con los documentos antiguos.

–Tessa –le dijo Sebastian entrando en la habitación–. Tenías razón. Estaba allí y se ha puesto al teléfono cuando lo he llamado en persona. Es un poco escurridizo, pero me ha dicho que vendrá a la reunión.

–Gracias por hacer la llamada –contestó Tessa intentando distraerse de su presencia mirando los papeles que había en una caja–. Te lo agradezco.

Sebastian se acercó, se colocó detrás de ella y le puso las manos en la cintura. A continuación, se apretó contra su trasero.

–Tanto trabajar y nada de jugar te va a convertir en una persona…

–Eficaz –dijo Tessa intentando zafarse, pero Sebastian no se lo permitió–. He venido a Caspia a trabajar y estoy avergonzada de lo poco que he hecho. Tu madre no es la única que se ha dado cuenta.

Sebastian le acarició el vientre con su enorme mano, haciendo que Tessa sintiera el calor de su cuerpo.

–Venga, vámonos a las montañas. Montaremos a caballo y luego… –la incitó dándole un beso detrás de la oreja.

Tessa sintió que las piernas le temblaban y que los pezones se le endurecían.

–No puedo –carraspeó–. Quiero encontrar esos malditos documentos –insistió porque no quería volver a montar a caballo y a hacer el amor con Sebastian ahora que era consciente de que lo quería.

140

Resultaría demasiado dañino, le haría sufrir y terminaría llorando o suplicando. Lo cierto era que no tenía ni idea de lo que haría, porque era la primera vez que se enamoraba.

—La verdad es que no quiero ir —declaró.

—¿Por qué? —se sorprendió Sebastian dejando de besarla.

—Porque quiero hacer mi trabajo, exactamente igual que tú. Esta noche vas a ir a esa cena ceremonial porque es tu deber y te satisface.

—Oh, Tessa —dijo Sebastian acariciándole los pechos por encima de la blusa—. Me vuelves loco. Te deseo. Necesito que hagamos el amor ahora mismo.

Tessa sentía su erección en el trasero, un manantial de agua entre las piernas y un inmenso deseo por besarlo, por desnudarlo en aquella habitación oscura y polvorienta, por acariciarle los muslos y darle placer con la boca.

Oh, oh.

Aquella era la Tessa loca, la Tessa que se metía en problemas.

—Sebastian —le dijo intentando zafarse de él, pues ya le había desabrochado la blusa y le estaba acariciando los pechos—. Por favor, para —le suplicó—. Lo de anoche estuvo muy bien, pero ahora… no.

—Lo de anoche estuvo mucho mejor que bien —declaró Sebastian con la voz tomada por el deseo.

Tenía razón. Aquello se estaba convirtiendo en un desastre. Se había enamorado de su jefe y para él ella no era más que otro pasatiempo.

–Lo entiendo –declaró Sebastian colocándole el pelo por detrás de los hombros–. De verdad. Cuando uno cumple con sus responsabilidades, se siente muy satisfecho, pero, cuando tiene las cosas a medio hacer, se siente fatal.

–Así es –contestó Tessa fingiendo que buscaba los informes en una caja.

–Eres una entre un millón, Tessa –declaró Sebastian apartándose y alejándose.

Una vez a solas, Tessa dejó caer la frente sobre una caja y sintió que el corazón le latía desbocado y que se le formaba un nudo en la garganta.

Sí, claro que era una entre un millón. Tal vez, tendría que sentirse halagada de que Sebastian la incluyera entre las muchas mujeres hermosas con las que se había acostado.

Pero no era así.

Se sentía destrozada.

Capítulo Diez

Sebastian se alejó silbando por el pasillo a pesar de que estaba incómodo por la erección. Ya se le pasaría. Tarde o temprano, se le pasaría.

Aquella noche, después de la cena de los Caballeros de la Orden de la Jarretera, iría a la habitación de Tessa y harían el amor durante toda la noche.

Amor.

Saboreó aquella palabra en silencio.

Sí, le gustaba.

Lo que sentía por Tessa era completamente diferente a lo que había sentido por otras mujeres. Sentía el corazón ligero en el pecho, como si tuviera alas, y se moría por gritar a los cuatro vientos lo que sentía.

Le entraron ganas de reírse de sí mismo por lo encandilado que estaba con ella, pero no era para menos porque Tessa Banks, además de guapa, era una mujer inteligente, pragmática, voluntariosa, dinámica, entusiasta, bromista y divertida.

Le encantaba cuando le brillaban los ojos con malicia.

Cuando llegó al final del pasillo, se quedó mirando la bocana del puerto.

Tessa era una mujer que entendía la responsabilidad, era el tipo de mujer que aceptaría casarse con un país además de con un hombre. Con ella a su lado, se sentiría por fin transformado en un hombre maduro y fuerte que podría guiar a sus súbditos.

Sí, quería convertirse en su marido.

—¡Sebastian! —lo llamó una voz femenina.

Faris.

Al instante, se le bajó la erección. Sebastian consiguió saludarla educadamente. El padre de aquella chica era el mejor amigo del suyo, con el que jugaba al backgamon y salía a pescar.

Era una pena que también fuera el hombre que había dejado que Caspia Designs se fuera al garete.

—Hola, cariño —le dijo Faris tomándole el rostro entre las manos y dándole un beso en la mejilla.

—¿Qué haces aquí?

—Papá ha venido a jugar a las cartas con tu padre y yo he venido a acompañarlo. Me muero por disfrutar de la brisa marina. Es una suerte que te haya encontrado. Podríamos salir en el *Mirabella*.

—Hay suficiente brisa marina aquí en el balcón —contestó Sebastian.

—Anda, no seas así. Claro que te entiendo, comprendo perfectamente que estés un poco enfadado después de cómo se comportó tu secretaria noche.

—¿Por qué dices eso?

–Porque te estuvo manoseando como si fueras un cantante de rock delante de todo el mundo. Fue vulgar y embarazoso, pero es normal porque a las estadounidenses no las educan bien.

Sebastian sintió que la sangre se le agolpaba en la sienes. Si Faris Maridis hubiera sido un hombre, le habría dado un puñetazo inmediatamente.

–No vuelvas a hablar jamás de Tessa Banks así –le advirtió apretando los dientes–. Me encanta que me manosee, como tú dices. Más te vale mantener la boca cerrada. No tienes nada que decir. No te atrevas a insultar a mi invitada en mi propia casa.

Faris se tensó.

–Muy bien. Bueno, tarde o temprano, recuperarás la cordura.

Sebastian hizo un gran esfuerzo para no insultarla y echarla de su casa, pero consiguió refrenarse porque sus familias habían sido aliadas y amigas durante cientos de años. Mientras el repiqueteo de los tacones de Faris se perdía por el pasillo, Sebastian se giró hacia el puerto. Estaba tenso y necesitaba moverse, correr, montar a caballo o… hacer el amor, pero le quería demostrar a Tessa que era capaz de respetar sus deseos y de no tocarla mientras ella no quisiera.

Así que se dirigió a las cuadras con la intención de galopar por las montañas, pero no le sirvió de nada. Aquella noche la frustración no hizo sino ir en aumento, pues los discursos de los Caballeros de la Orden de la Jarretera se prolongaron hasta las dos de la madrugada, lo que lo llevó a decidir que era demasiado tarde como para presentarse en la habitación de Tessa.

Así que se pasó toda la noche revolviéndose en la cama, muriéndose por sentir los abrazos de Tessa y soñando con la luz de sus ojos verdes.

–¡Tessa! –exclamó Sebastian haciendo que su voz se oyera por todo el pasillo de columnas de piedra.

Tessa sintió que el corazón le daba un vuelco, pero mantuvo la compostura aferrándose a las carpetas que llevaba pegadas al pecho.

–Buenos días, Sebastian –lo saludó.

Sebastian llegó a su lado, la tomó de los brazos y la besó en la mejilla. Al instante, Tessa sintió que el calor se apoderaba de su cuerpo. ¿Cómo la besaba delante de todo el mundo? Había tres asistentes a la reunión a pocos metros de ellos. ¿Acaso quería que todo el mundo supiera que se había acostado con su secretaria?

A lo mejor era que no le importaba, que estaba muy orgulloso de la reputación que tenía de ligón.

–¿Qué tal la cena con los Caballeros de la Orden de la Jarretera? –le preguntó intentando sonar animada y alegre.

–Demasiado larga –contestó Sebastian con pesar–. Sobre todo, porque habría preferido estar en otra parte con otra persona –añadió.

Tessa sintió que su pobre y maltratado corazón comenzaba a llorar, así que tomó aire profundamente e intentó apartar aquellas emociones de su mente.

Lo cierto era que se había pasado toda la noche con una mezcla de miedo y de esperanza, diciéndose que sería sólo una noche más, una noche para el recuerdo, pero la esperanza había dado paso al miedo a medida que las horas habían ido pasando y Sebastian no había aparecido.

Entonces, se le había ocurrido que, a lo mejor, estaba con Faris. ¿Por qué no? Sebastian no era un hombre fiel y monógamo.

¿Y qué más daba la razón que lo hubiera retenido? No era suyo y no podía decir nada.

En aquel momento, un hombre alto de pelo canoso se acercó a ella y Tessa le entregó una carpeta mientras le dedicaba una bonita sonrisa y se preguntaba quién sería.

Sebastian lo saludó con afecto y se pusieron a hablar en francés. Tessa no entendía absolutamente nada. ¿Cómo iba a entenderlo si no hablaba francés? Era cierto que había ido a un buen colegio, pero no pertenecía a aquel mundo en el que todo el mundo hablaba cinco idiomas y eran amigos de toda la vida.

Cuando se dio cuenta de que Sebastian la estaba presentando, sonrió todavía más aunque, en realidad, le habría gustado poder salir corriendo de allí para lamerse las heridas, aquellas heridas que, con toda certeza, iban a tardar años en cicatrizar.

«¿Cómo he podido ser tan tonta de enamorarme de él?».

***

Tessa parecía preocupada y Sebastian lo entendía perfectamente. Él también sentía la adrenalina corriéndole por las venas mientras entraba a la reunión acompañado por el presidente de Carriage Leathers y el director general de las joyerías Bugaretti.

La idea de darle la vuelta a aquellas viejas empresas para aumentar el margen de ventas y de beneficios era todo un reto.

Sebastian comenzó la reunión invitando a todos los directores y presidentes a abrir la mente y comenzar a pensar en términos que iban más allá de la costumbre y de la tradición.

¿Cuándo iba a entrar Tessa?

Sergei, el secretario de su padre, estaba tomando acta de la reunión. Posiblemente, porque algunos de los directores hablaban en idiomas que Tessa no conocía.

Aun así, quería que se sentara a su lado porque conocía perfectamente cómo funcionaba Caspia Designs por dentro y, sobre todo, porque tenía pensado proponerle una cosa que haría que su relación fuera permanente.

Comieron en la sala de reuniones y Tessa no apareció. Mientras la gente se tomaba un café, Sebastian le preguntó a Sergei dónde estaba Tessa y el hombre le contestó que no lo sabía. Nervioso, Sebastian salió de la sala de juntas y se dirigió a su despacho.

Se sintió inmensamente aliviado cuando la vio metiendo documentos en unas cajas de cartón que se iban a llevar a Nueva York.

–Tessa –le dijo sonriente.

Sin embargo, cuando ella levantó la mirada, vio que estaba pálida y que sus ojos no brillaban con la luz de siempre.

–¿Qué te pasa? –le preguntó Sebastian apresurándose a tomarla entre sus brazos.

–Nada –contestó Tessa mordiéndose el labio inferior.

–Dímelo ahora mismo –le ordenó Sebastian preocupado–. Por favor.

–Me voy en cuanto termine la reunión.

–No digas tonterías.

–Te lo digo en serio.

–Tessa –le dijo Sebastian acariciándole la mejilla con el dedo pulgar y muriéndose por besarla–. Después de lo que hemos compartido, sé perfectamente que no quieres irte a California con Paul o Peter o como se llame.

Tessa se estremeció de pies a cabeza.

–Me tengo que ir. Siento mucho no poder completar las dos semanas a las que me comprometí, pero estoy segura de que entenderás porque no puedo seguir trabajando para ti después de lo que ha ocurrido.

–¡Sebastian! ¿Dónde estás? –lo llamó una voz masculina.

Se giró. Era su padre.

–Estoy aquí, en la parte de atrás –contestó sin soltar a Tessa.

–Sergei te está buscando. Estamos todos listos para retomar la reunión.

–Ahora mismo voy.

–Debes irte –le dijo Tessa bajando la mirada.

–Hablaremos después de la reunión –le dijo Sebastian.

–No estaré aquí cuando termine la reunión –contestó Tessa con decisión.

Sebastian sintió que el pánico se apoderaba de él.

–No puedes irte.

–Tengo que irme –insistió Tessa a pesar de que le temblaban las manos.

–Imposible –declaró Sebastian.

Tenía que haber alguna manera de que pudiera impedírselo. Sus antepasados simplemente se lo habrían prohibido, pero aquellos días habían pasado. Tessa era una mujer estadounidense independiente, una de las cosas que más le gustaban de ella.

–¡Sebastian! –insistió el rey–. Te estamos esperando.

–Sebastian, por favor, vuelve a la reunión –le pidió Tessa empujándolo suavemente.

Sebastian se miró en sus ojos. Tessa entendía lo que era el deber. No se iba a ir. Le había pedido que se quedara y sabía que podía confiar en ella, así que le dio un beso en la mejilla y la soltó. A continuación, se alejó algo nervioso.

Durante la reunión, su nerviosismo no hizo más que aumentar. ¿Cómo era posible que Tessa quisiera irse cuando era obvio que la necesitaba tanto?

Sebastian decidió concentrarse en el orden del día que Tessa había pasado a ordenador con sus delicados y elegantes dedos. Tenía que dirigir aquella reunión para salvar a su empresa. Lo habían educado para aceptar su responsabilidad y era consciente de que su país era lo primero.

Sin embargo, cuando terminó la reunión, se apresuró a salir de la sala de juntas. Cuando llegó corriendo a su despacho, lo encontró vacío.

–¿Dónde está Tessa? –le preguntó a Paulo, el portero, que pasaba en aquel momento por el pasillo.

–No lo sé –contestó el hombre.

–¡Búscala! –exclamó Sebastian nervioso.

¿Dónde estaría? Sebastian corrió hacia su dormitorio y encontró a una doncella cambiando las sábanas.

–¿Dónde está Tessa? –le preguntó.

–Creo que se ha ido al aeropuerto –contestó la chica.

–Ha salido hacia el aeropuerto hace cuarenta minutos –anunció Paulo llegando a la carrera.

–¡Maldita sea! –gritó Sebastian–. ¡Abrid las puertas traseras inmediatamente! –añadió corriendo por el pasillo hacia el garaje.

Podía atajar por las callejuelas que había detrás del palacio y llegar al aeropuerto por el campo.

Su padre se chocó contra él y lo agarró de los brazos.

–¿Adónde vas, Sebastian? Los invitados te están esperando.

–Tessa se ha ido –contestó Sebastian sin molestarse en ocultar el pánico que sentía.

–Ya lo sé, hijo –contestó su padre–. Tu madre se ha encargado de ponerle un avión privado. Ha despegado hace cinco minutos.

–¿Pero por qué?

–A veces, es difícil entender a las mujeres.

–Tengo que ir a buscarla.

–¿Adónde? ¿Te vas a montar en otro avión para encontrarte con ella en el cielo? No es posible.

–Pero…

Sebastian no sabía qué decir. Era la primera vez en su vida que una mujer lo rechazaba abiertamente.

El dolor le rompía el corazón.

«La quiero».

Lo había pensado, pero no lo dijo en voz alta. No quería admitir que amaba a una mujer que no lo amaba.

–El deber es lo primero, hijo.

–Ya lo sé, papá, pero…

–Venga, vamos –le dijo su padre acariciándole la mejilla–. Hay cosas que salen bien y otras que no. Mañana por la mañana lo verás todo con más tranquilidad.

Sebastian siguió a su padre. Sentía el corazón roto y se moría por abrazar a Tessa. ¿Podría volver a abrazarla algún día?

–¡Sebastian, cariño! –exclamó Faris a sus espaldas–. Espera un momento, cariño, no puedo andar bien con este vestido tan apretado y mi padre va con bastón, no lo olvides.

Sebastian dio un respingo. No quería insultar al padre de Faris, pues el hombre había aguantado un buen rapapolvos durante la reunión por haber dirigido la empresa con métodos arcaicos y no quería hacerle un feo, así que se giró y los esperó pacientemente.

Sin embargo, sentía que la desesperación se había apoderado de él y le costaba mostrarse educado cuando lo único que quería era irse detrás de Tessa.

Al fin del mundo si fuera necesario.

Faris sabía perfectamente que la buena relación que tenía su familia con la de Sebastian era su as en la manga. Tarde o temprano, Sebastian se daría cuenta de que tenía que casarse con ella.

—Pareces muy distraído, Sebastian —le dijo.

—Es que la reunión ha sido muy larga —murmuró él.

—Te vendría bien relajarte —le propuso Faris—. Podríamos ir a nadar a la playa y luego te daré un masaje —añadió moviendo las manos en el aire.

Sebastian observó sus uñas y la miró horrorizado. Faris dio un respingo. A lo mejor tenía las uñas un poco largas para dar un masaje, era cierto, pero tampoco era para tanto y la verdad era que le habría gustado arrancarle la piel a tiras después de la humillación a la que la había sometido la noche anterior.

Bueno, por lo menos, se había quitado un

problema de encima. Cuando iba en coche hacia palacio, había visto a la secretaria que se iba.

–Me han dicho que tu secretaria se ha vuelto a Nueva York deprisa y corriendo. ¿Se ha cansado de Caspia?

–No –contestó Sebastian apartando la mirada.

–Entonces, a lo mejor es Caspia la que se ha cansado de ella –comentó Faris creyendo que el príncipe se había deshecho de su secretaria porque se había cansado de ella.

–¿Por qué no te metes en tus asuntos? –le gritó Sebastian.

A pesar de que estaba medio sordo, Deon Maridis levantó la mirada y los miró a ambos. Sebastian se despidió cortésmente y se alejó veloz.

Faris no pudo seguirlo porque su vestido se lo impedía.

¿Qué demonios le había pasado?

Faris tenía una idea de lo que le había pasado. Aquello la hizo fruncir el ceño, pero se apresuró a dejar de hacerlo porque no tenía sentido que se le arrugara la piel por culpa de una chica que no valía nada.

De alguna manera, Tessa Banks, una don nadie, había conseguido abrirse paso hasta el corazón de Sebastian, pero ella, Faris Maridis, futura reina de Caspia, iba a echarla de él rápidamente.

Costara lo que costara.

Capítulo Once

Sebastian se despertó con una horrible sensación de vacío en su interior.

Había llamado varias veces a su despacho de Nueva York, pero no había conseguido nada y el teléfono móvil de Tessa estaba apagado.

Tessa había desaparecido.

Claro que tampoco podía reprocharle que ya no trabajara para él. Había dado orden para que en la última nómina le pusieran un bonus bastante elevado. Quería que quedara claro que no sentía ningún rencor hacia ella.

Y, sobre todo, quería que volviera.

En aquel momento, sonó su teléfono móvil, que estaba sobre la mesilla. Sebastian se pasó las manos por la cara y contestó.

–Sebastian, hay un artículo en el periódico que quiero comentar contigo. Ven al comedor inmediatamente –le dijo su padre en tono imperioso.

–¿Qué pasa? –le preguntó Sebastian incorporándose al instante.

–Ven al comedor ahora mismo.

Sebastian se apresuró a ponerse unos pantalones, una camisa y unos zapatos. ¿Sería sobre Tessa? Corrió por los pasillos vacíos hasta el comedor. ¿Le habría sucedido algo? ¿Se habría metido en algún lío y le daría vergüenza decírselo?

Eso explicaría su extraño comportamiento.

—¿Qué ocurre? —les preguntó a sus padres al llegar.

—Los participantes en la reunión tuvieron que jurar que no revelarían nada de lo que allí se hablara, ¿verdad? —le preguntó su padre.

—Sí, se comprometieron por escrito —contestó Sebastian viendo que sus padres estaban pálidos.

—Entonces, ¿cómo explicas esto? —le preguntó su padre señalándole un artículo.

Sebastian tomó el periódico y leyó:

Caspia Designs endeudada por su desastrosa gestión.

Sebastian tomó aire. El artículo era corto, sólo una columna, pero suficiente para dejar claro la situación actual de la empresa, pues hablaba de los pocos beneficios que estaba obteniendo, de las enormes deudas en las que había incurrido la bodega Château D'Arc y se hacía eco de una cosa que Sebastian no le había contado a nadie, ni siquiera a Reed: la empresa tenía una deuda de tres millones de dólares porque no había cobrado durante décadas a ciertos clientes.

—Tessa Banks fue la que descubrió esas deudas, ¿no? —le preguntó la reina tomando un trago de café.

—No había mucho que descubrir —contestó Sebastian—. Deon Maridis no ocultó en ningún momento que llevaba años sin cobrarles a ciertos clientes.

—Para él, eran deudas de amigos personales, buena gente que pagaría algún día —le explicó su padre.

—Pero nunca pagaron, ¿no? —le preguntó la reina.

—Algunos de nuestros clientes de toda la vida ya no tienen tanto dinero como antes —suspiró el rey echándose hacia atrás en su silla—. Se han dormido en los laureles, es cierto, y han comprado joyas y cosas que no podían permitirse.

—¿No podrías pedirles que pagaran lo que deben? —le sugirió la reina—. Podríamos denunciarlos.

Sebastian y su padre la miraron horrorizados.

—¿Quieres que humillemos a nuestros amigos? Jamás. Antes pagaría yo sus deudas —se indignó el rey.

—Espero que no sea necesario —contestó Rania.

Sebastian dejó el periódico sobre la mesa.

—Estas deudas no impedirán que la empresa tenga beneficios este mismo año y, entonces, pasarán a la historia sin mayor importancia.

—Menos mal que estás tú aquí para arreglar las cosas —se regocijó su padre.

—Sin embargo, este artículo va a hacer que nuestras acciones caigan en Bolsa —se lamentó Sebastian sacando su agenda personal digital y conectándola a Internet para consultar el mercado de valores.

157

Al ver lo que había sucedido, no pudo evitar maldecir en voz alta.

—¿Quién habrá hablado con la prensa? —se preguntó su padre—. Pongo la mano en el fuego por todos nuestros socios.

—Pierre de Rochefauld no se mostró especialmente abierto —comentó Sebastian recordando que Tessa había desenterrado unos libros de contabilidad llenos de deudas de las bodegas—. No le hizo ninguna gracia que lo reprendiera en público en la reunión por haber endeudado la bodega para pagar las obras de reforma de su castillo.

—Ya, pero no creo que le hiciera mucha gracia que sus propias deudas salieran a relucir en un periódico de tirada internacional —recapacitó el rey.

—Estoy de acuerdo con tu padre —comentó su madre.

—Ya sé que sientes un gran aprecio por Tessa Banks —comentó su padre—, pero, ¿qué sabes de ella?

Tessa terminó de cerrar una caja con cinta adhesiva.

Había puesto su vida patas arriba y ahora no le quedaba más remedio que seguir adelante. Antes de viajar a Caspia, le había dicho al casero que se iba, así que no le quedaba más remedio que abandonar el piso aquel mismo día, que ya estaba alquilado a otra persona.

Menos mal que tenía pocas pertenencias y podría guardarlas el sótano de la casa de sus padres hasta que decidiera qué hacer.

Cuando había vuelto de Caspia, lo primero que había hecho había sido decirle a Patrick que no se iba a vivir con él a California.

Tessa se sonrojó al recordar cómo lo había traicionado, cómo lo había engañado después de estar tan sólo un par de días en compañía de Sebastian.

No le había contado a Patrick lo que había sucedido, se había limitado a decirle que había cambiado de opinión y ni siquiera había tenido valor para decírselo cara a cara.

Sorprendentemente, Patrick había reaccionado con cierto alivio. A lo mejor, se había dado cuenta intuitivamente que no era una mujer en la que se pudiera confiar.

Por otra parte, tampoco tenía trabajo. Aunque Sebastian hubiera querido que siguiera siendo su secretaria, no habría aceptado porque no habría podido sentarse en el despacho y atender las llamadas de sus ligues como si tal cosa.

Tessa apoyó la frente en la pared. Cada vez que se acordaba de Sebastian comprendía que no había tenido elección. En el momento en el que él había comenzado a flirtear con ella, había estado perdida.

Todavía le dolía el corazón cuando recordaba la pasión y el cariño que había visto en sus ojos. Ahora comprendía que solamente había sido deseo, pero…

–¡Maldita sea! –exclamó descargando un puñetazo sobre la caja de cartón.

Sebastian no la había llamado. Maldición. ¿Pero
qué esperaba? Por supuesto, había devuelto por correo postal su teléfono móvil al despacho, pues no
quería que Sebastian creyera que se quería aprove-
char lo más mínimo de lo que había habido entre
ellos.

Había dejado la puerta abierta para ver si así
hacía un poco de corriente, porque hacía mucho
calor, y oyó pasos en las escaleras. Aquello le extrañó, pues el chico que había contratado para
que la ayudara a hacer la mudanza no tenía que
llegar hasta dentro de una hora y sus vecinos estaban todos trabajando.

–¿Quién anda ahí? –preguntó poniéndose en
pie.

–¿Qué te ocurre? –le preguntó Sebastian ma-
terializándose en la puerta.

Tessa se quedó mirándolo con la boca abierta.

–Te he oído gritar. ¿Estás bien? –le explicó Sebastian mirando a su alrededor y viendo las cajas.

–Sí, estoy bien –contestó Tessa con el corazón
latiéndole aceleradamente.

Había ido a buscarla. ¿Significaría aquello…?

Pero sus esperanzas se desvanecieron cuando
se fijó en cómo la estaba mirando. Sebastian estaba muy tenso.

–¿Fuiste tú la que filtraste la información al
Wall Street Journal? –le espetó.

Tessa dio un paso atrás.

–¿Cómo? No sé de qué me estás hablando.

–Aparte de los directores que acudieron a la reunión y a los que se les obligó a comprometerse por escrito a no contar nada de lo que allí se hablara, tú eras la única persona que tenía acceso a los detalles financieros más recientes de la empresa. Ni siquiera los auditores los han visto todavía.

–¿Y crees que le he dado esa información a la prensa? Jamás haría una cosa así –se indignó Tessa muy dolida.

¿Sebastian la creía capaz de una traición así? Tessa tragó saliva y sintió que se le había formado un terrible nudo en la garganta. Evidentemente, sus besos y sus caricias no habían significado absolutamente nada para él.

Pero para ella lo significaban todo.

Sebastian miró a su alrededor.

–Veo que te vas –comentó.

–Sí –contestó Tessa haciendo un gran esfuerzo–. Yo no le he contado nada a nadie –le aseguró–. Tengo que terminar con la mudanza, así que, por favor, vete –añadió con voz trémula.

De repente, vio que la expresión de Sebastian se suavizaba, pero se puso rígido de nuevo, se acercó a la puerta y se quedó mirándola desde allí. Tessa elevó el mentón en actitud desafiante. Qué pensara de ella lo que quisiera.

Como solía ocurrirle siempre que la miraba, sintió que las rodillas le temblaban, pero en aquella ocasión sintió que una profunda tristeza le invadía el corazón.

Sebastian se giró y se fue.

Tessa se dejó caer en el suelo. Era consciente de que lo que había tenido con él había sido una aventura, solamente una aventura. El futuro cuidadosamente planeado que podría haber compartido con Patrick seguramente no habría estado lleno de noches de pasión, pero le habría dado hijos y una familia.

¿Pero ahora? Lo había echado todo a perder porque se había enamorado locamente de un hombre que la creía capaz de traicionarlo a él y a su empresa.

Tessa no pudo evitar que un terrible sollozo saliera de su garganta.

¿Acaso creía Sebastian que se quería vengar de él?

Se sentía completamente destrozada, como si alguien le hubiera robado algo muy precioso, algo que habitaba en lo más profundo de su ser y que no había sido consciente de tener hasta que Sebastian se lo había mostrado.

La capacidad de ser completamente feliz.

Sebastian bajó las escaleras de dos en dos con el corazón latiéndole aceleradamente.

Cuando se había fijado en las cajas de la mudanza, se había quedado pasmado. Así que se iba, se mudaba a California.

Cuando había llegado a su casa, había pensado en tomarla entre sus brazos y en besarla, pero había cambiado de opinión al ver que Tessa seguía adelante con su vida, que se había olvidado de él.

No había querido acusarla tan groseramente, pero el dolor que le había producido ver cómo se preparaba para su nueva vida sin él había sido tan profundo que le había llevado a hablar con cruel-dad.

Aunque Tessa le había asegurado que no había revelado ninguna información a la prensa, estaba tensa y asustada, como si hubiera hecho algo que no debiera.

Sebastian se apoyó en la barandilla de metal y se maldijo por el inmenso deseo que había senti-do por ella nada más verla con aquellos vaqueros y aquella camiseta blanca de tirantes.

Había subido las escaleras a toda velocidad, deseoso de volver a verla, esperanzado, pero aquellos ojos de color esmeralda lo habían reci-bido con cautela, sospecha y cierta hostilidad.

Sebastian maldijo por lo bajo mientras salía a la calle. La limusina lo estaba esperando junto al edificio. Sebastian estaba de muy mal humor. ¿Cómo se podía haber equivocado tanto con ella? Y pensar que había soñado con convertirla en su reina y con compartir la vida con ella…

¿Se habría enfadado Tessa porque la había obligado a quedarse cuando quería irse a Cali-fornia? ¿Estaría disgustada porque la había sedu-cido?

–Volvemos a Park Avenue –le dijo a su con-ductor cerrando la puerta con fuerza.

El hombre tuvo el tacto de no preguntar nada.

Sebastian apretó los puños al comprender que, quizás, lo había hecho mal. Había seducido a Tessa hasta llevársela a la cama siendo su empleada, cuando tenía autoridad sobre ella y aun sabiendo que estaba con otro hombre.

A lo mejor tenía buenas razones para estar enfadada.

Quizás tendría que haber hecho las cosas de manera diferente, pero se sentía tan atraído por ella que no habría podido hacer nada. Desde el mismo momento en el que había visto su melena rubia bañada por el sol caspiano y había oído su risa mezclada con el canto de los pájaros, el sentido común se había evaporado.

Sebastian dejó caer la cabeza entre las manos.

Tessa se iba a California con otro hombre.

Era la primera vez en su vida que una mujer lo rechazaba y dolía mucho, era como si le hubieran dado un potente golpe en el pecho. Su primer instinto era defenderse con la fuerza, pero sabía que no conseguiría nada.

Cuando entró en su apartamento de Park Avenue el teléfono estaba sonando. Sebastian no contestó. Se dirigió a la cocina y se sirvió un vaso de agua mientras esperaba a que saltara el contestador automático, pero el contestador no saltó. Debía de estar lleno, así que Sebastian volvió al salón y contestó.

–¿Qué? –ladró.

–Hola, Sebastian, cariño.

Faris.

Sebastian tuvo que hacer un gran esfuerzo para

no colgar el auricular. Seguramente habría sido ella la que había colapsado el contestador con sus mensajes, así que más le valía averiguar qué quería y quitársela de encima cuanto antes.

–Me he enterado de que tu secretaria ha hablado con los periodistas del *Wall Street Journal* –se lamentó–. Es horrible. Crees que conoces a una persona, pero lo cierto es que no te puedes fiar de nadie. El servicio está fatal.

A Sebastian se le pasaron por la mente unas cuantas palabras malsonantes que no habría tenido escrúpulos en soltarle a Faris si no hubiera sido porque estaba acostumbrado a mantener la compostura.

–Todavía no sabemos quién ha hablado con los periodistas –le dijo.

No le gustaba nada que Faris hablara sobre la traición de Tessa, porque le hacía sentirse todavía peor.

–Cariño, ya sé que la chica te caía bien, pero le habrán ofrecido dinero y no habrá podido resistirse.

–No creo que el *Wall Street Journal* ofrezca dinero a cambio de información.

–Desde luego, la información que les ha dado era muy buena, con todo lujo de detalles, lo que me sorprende mucho. Espero que no le haya tomado gusto al asunto y ahora se dedique a contar cosas más personales –comentó con malicia.

–Tessa jamás haría una cosa así –contestó Sebastian completamente convencido.

–¿Todavía la defiendes? Madre mía, cariño,

creo que lo mejor será que vaya a reunirme contigo a Nueva York para hacer que te olvides de ella con mis besos.

–Ni se te ocurra –contestó Sebastian colgando el teléfono.

La idea de tener que soportar los besos de Faris hizo que se le pusiera la piel de gallina. De repente, se dio cuenta de que había algo que no encajaba. ¿Era capaz Tessa de desvelar información secreta sobre su empresa? No lo creía así en absoluto. Por eso le salía de manera natural defenderla.

Probablemente, también porque estaba loco por ella.

Sebastian se apoyó en la mesa donde estaba el teléfono y, al hacerlo, el correo que estaba allí amontonado cayó al suelo. Se agachó para recoger los sobres, las postales y la publicidad y algo le llamó la atención.

Se trataba de un sobre rectangular de color crema, un sobre normal y corriente que le resultaba extrañamente familiar.

Sebastian lo abrió.

Sobre el papel de carta también de color crema vio una caligrafía en tinta negra que conocía muy bien y que había escrito *Sebastian, cariño*…

Sebastian lo tiró al suelo, pero se dio cuenta de que la sensación de que algo no encajaba volvía a atormentarlo. Se agachó, lo recogió y lo leyó con el mismo asco con el que había abierto un sobre idéntico en el comedor de Caspia no hacía mucho tiempo.

Era la misma persona.

Sebastian comprendió que había sido Faris la persona que le había escrito aquella nota maliciosa diciéndole que no se casara con una extranjera e insultando a Tessa.

Aquello lo sorprendió sobremanera. Jamás habría pensado que Faris fuese capaz de hacer algo tan vulgar.

¿Y de qué más sería capaz?

La sospecha comenzó a apoderarse de su cerebro. El padre de Faris había estado en la reunión de Caspia Designs y su hija podría haberle sonsacado. Entonces se dio cuenta de que en el artículo se mencionaban muchos detalles sobre las deudas en las que había incurrido recientemente Château D'Arc, pero Tessa no sabía nada de aquello porque de aquel tema se había hablado con Pierre de Rochefauld a última hora de la tarde, cuando ella ya se había ido.

Sebastian sintió que la adrenalina comenzaba a correrle por las venas y decidió personarse inmediatamente en la redacción del *Wall Street Journal* para averiguar de primera mano quién les había dado aquella información.

Iba cruzando el vestíbulo del edificio a grandes zancadas, pensando en sus cosas, y estuvo a punto de chocarse de bruces con su vecina Amanda Crawford, que tenía una empresa de eventos. Se trataba de una mujer alta, rubia y guapa, pero no era Tessa.

Sebastian consiguió saludarla amablemente con un beso en la mejilla.

–No confirmaste tu asistencia a la fiesta de celebración del edificio –le reprochó.

–Tienes razón –contestó Sebastian–. Lo siento, he estado fuera del país y se me ha amontonado el correo. Carrie dejó el trabajo y todavía no tengo a nadie que me ayude, pero te aseguro que iré si estoy en Nueva York.

–Eres un encanto, Sebastian –le dijo Amanda sonriendo–. Siento decirte que la fiesta ya se ha celebrado y que te la has perdido. Lo peor es que te has perdido el mejor cotilleo de la década: parece ser que la policía cree que Marie Endicott murió asesinada.

Sebastian se quedó de piedra.

–No lo dirás en serio.

Marie era la hermana pequeña de Drew, un amigo del colegio. La había conocido cuando era una adolescente muy mona de cabellos rizados y se la había vuelto a encontrar convertida ya en una empresaria inmobiliaria a la que le iba muy bien. Había vivido en el mismo edificio que él durante un tiempo, hasta que un día se había tirado desde el tejado. Por lo visto, se había suicidado.

–Las cámaras de seguridad que hay en el tejado lo grabaron todo –le dijo Amanda–. El problema es que las cintas han desaparecido.

–Qué horror –comentó Sebastian realmente apesadumbrado–. ¿Quién querría matar a Marie?

–Eso es lo que todos nos preguntamos. Es muy raro, ¿verdad? –contestó Amanda en tono reservado.

Sebastian se preguntó apenado por qué tenían que suceder cosas tan terribles. Al instante, pensó en el hermano y en los padres de la chica.

–Espero que atrapen al que lo hizo. Si puedo ayudar en algo, dímelo.

–Es increíble la cantidad de delitos que quedan sin resolver en esta ciudad –se lamentó Amanda.

Sebastian se despidió de ella maldiciendo a las personas que hacían daño a otras.

«Tengo muy claro que hay un delito que no va a quedar sin resolver», pensó decidido a no abandonar la redacción del periódico hasta haber averiguado quién había filtrado la información sobre su empresa.

Capítulo Doce

Sebastian salió de la redacción del *Wall Street Journal* con el corazón en la boca.

Un periodista le había dicho que el artículo había llegado ya redactado desde las oficinas europeas, que estaban en Bruselas. Sebastian tenía un amigo que trabajaba allí como editor, así que sin perder tiempo lo llamó por teléfono y habló con él.

Al cabo de pocos minutos lo sabía todo.

Había sido Faris.

A continuación y con mucha calma, habló durante más de una hora con un reportero de Nueva York y le contó que Caspia Designs tenía desafíos que vencer, pero muchos objetivos maravillosos para el futuro.

Terminó la conversación excusándose porque tenía una cosa muy urgente de la que ocuparse.

Y tanto.

—¡A casa de Tessa, deprisa! —le dijo al conductor una vez en la limusina.

Tessa no tenía nada que ver con la filtración de información. El reportero le había confirmado que jamás había oído hablar de ella. Sebastian se arrepentía profundamente de cómo la había acusado y sabía que no iba a ser capaz de dormir ni de comer hasta que le hubiera ofrecido sus más sinceras disculpas.

Pero Tessa no estaba en casa.

Al oírlo llamar repetidamente al timbre, uno de los vecinos salió a la puerta. Se trataba de un hombre joven de barba cerrada que le explicó que Tessa se había ido hacía unas dos horas y que no había dicho a dónde se dirigía.

Sebastian maldijo en voz baja y se dijo que se había ganado la humillación de tener que ir a hablar con Patrick Ramsay. No le costó mucho averiguar dónde estaba el despacho del abogado de divorcios de las estrellas y se personó allí de inmediato. Se estaba bajando del coche cuando vio aparecer al abogado en lo alto de las escaleras del edificio.

—Quiero ver a Tessa —le dijo.

—¿Quién es usted? —le preguntó Patrick.

—Sebastian Stone, su… su antiguo jefe —contestó, aunque le habría gustado poder decir que era su amante.

—Ah, sí, el príncipe —comentó Patrick.

—¿Puedo hablar con ella? —insistió Sebastian educadamente.

—Puede hablar usted con quien quiera, pero Tessa no está aquí.

—¿Y dónde está?

—No tengo ni idea. Me llamó hace unos días para decirme que no pensaba venirse a California conmigo. Yo, al final, tampoco me voy a ir porque me han ofrecido un gran caso aquí en Nueva

York. Supongo que le había dicho que nos íbamos a ir...

—Sí —contestó Sebastian—. ¿Me está diciendo que rompió su relación con usted?

—Sí. Ironías de la vida, porque hace una semana Tessa estaba hablando de matrimonio y todas esas cosas. Como usted comprenderá, no es una idea que me haga demasiado feliz cuando yo me paso el día divorciando a los demás —bromeó Patrick.

—¿Tiene idea de adónde ha podido ir? —le preguntó Sebastian.

—No. A lo mejor se ha ido a California, pero no creo, porque la verdad es que no conoce a nadie allí y Tessa no es de las que se lanza al precipicio así como así —contestó el abogado—. Es una buena chica. Por favor, si le pide que la vuelva a contratar, lo hará, ¿verdad?

—Sí —contestó Sebastian revisando la opinión que tenía sobre aquel hombre.

«Pero espero poder darle algo más que trabajo», pensó.

Tras despedirse del abogado, volvió a montarse en su limusina y le dijo al conductor que volviera a llevarlo a Park Avenue. Mientras iban hacia allí, se devanó los sesos, intentando dilucidar quién podía saber dónde estaba Tessa.

Cuando la había visto aquella mañana, la había dejado al borde de las lágrimas, destrozada al ver que él creía que lo había traicionado. Él había dado por hecho que se comportaba así porque se sentía culpable, pero ahora sabía a ciencia cierta que había sido porque había comprendido que no confiaba en ella.

Sebastian abrió con tanta fuerza la puerta del portal que las mujeres que había esperando al ascensor se giraron hacia él.

Se trataba de Carrie y de Julia.

–Hola, Sebastian –lo saludó Carrie, su antigua empleada de hogar, que estaba radiante de felicidad.

Seguía viviendo en el mismo edificio, pero ahora lo hacía con su marido, Trent Tanford, al que Sebastian culpaba de tener el contestador automático lleno de mensajes y pilas de correo sin abrir.

Pero no le iba a hacer pagar a Carrie por ello, así que la saludó besándola cariñosamente en ambas mejillas.

–Parece que el matrimonio te sienta bien –comentó.

–Así es –contestó Carrie–. Por cierto, nos vamos a volver a casar.

–¿Y eso? –se extrañó Sebastian.

–Bueno, es que la primera boda fue un tanto… precipitada. Pero esta vez queremos hacerlo bien y que todo salga perfecto –le explicó Carrie con un brillo radiante en los ojos–. Y tú vendrás, ¿verdad?

–Ya sabes que me encantan las bodas –contestó Sebastian sinceramente.

Era cierto que le encantaban las bodas porque en ellas los contrayentes se prometían amor eterno, tener hijos y cerrar el ciclo vital.

A todos los caspianos les encantaban las bodas.

Sebastian sintió que el corazón le daba un vuelco.

«Ojalá encuentre a Tessa y se quiera casar conmigo», pensó.

–¿Encuentras a Julia muy cambiada? –le preguntó Carrie sacándolo de sus pensamientos.

–¿Cómo?

Sebastian sabía que Julia se había casado con Max Roll, un mago de las finanzas, hacía un par de meses y se había ido a vivir con él a un par de manzanas de allí. Como de costumbre, Julia estaba muy guapa, con sus ojos azules resplandecientes y su piel de porcelana. Tal vez, un poco más rellenita de lo que la recordaba, pero no lo comentó.

Julia se rió.

–Estoy embarazada, Sebastian. De cinco meses, así que no te dé vergüenza decir que me encuentras algo más gordita.

–Enhorabuena –le dijo Sebastian besándola en ambas mejillas y sintiendo que el corazón volvía a darle un vuelco–. Seguro que ese hijo os trae a Max y a ti mucha felicidad.

Una felicidad que él también quería conocer con Tessa.

De repente, se dio cuenta de algo.

–Carrie, tú eres amiga de Tessa, ¿verdad?

–Sí, ¿por qué?

–Necesito encontrarla. Ha dejado el trabajo y no está en su casa. Se ha mudado y no ha dicho a dónde se iba a vivir y yo… –le explicó Sebastian mirándola a los ojos esperanzado.

Carrie comprendió y lo miró con compasión.

–Me comentó que se iba a ir a casa de sus padres, a Connecticut, hasta que encontrara otro piso. Viven en Stamford. Tengo la dirección arriba. Ven conmigo y te la doy.

Sebastian decidió ir sin chófer a Stamford. No quería que nadie tuviera que estar pendiente del reloj porque no sabía lo que iba a tardar.

Al salir de Nueva York por la I-95 encontró un poco de tráfico y se puso nervioso porque se estaba haciendo tarde.

¿Y si Tessa no estaba en casa de sus padres? Había pensado en llamar antes de ir, pero había decidido no hacerlo. Seguramente, le habría colgado el teléfono y lo que le tenía que decir sólo se lo podía decir en persona.

A Sebastian no le gustaban nada los GPS, pero cuando llegó a la ciudad costera tuvo que meter la dirección de Tessa y fiarse del aparato. Se trataba de una población de mansiones de ladrillo perfectamente alineadas, de calles tranquilas y limpias y Sebastian se encontró buscando a Tessa por aquellas calles.

Según lo que le iba diciendo el GPS, subió por una calle bastante empinada en la que había casas más antiguas de madera y giró hacia la derecha, yendo a parar a una calle de casas más modestas situadas frente a una cancha de baloncesto.

Aquello le llamó la atención. Baloncesto. A lo mejor estaba en su barrio. Estuvo tentado de parar y de preguntar por ella a la gente que había en la calle, pero el GPS le decía que tenía que continuar, así que continuó.

Según la información que le había dado al aparato, terminó frente a una casa de campo minúscula pintada en verde menta y rodeada por una reja de gallinero. Había un gigantesco roble en la entrada que impedía que el césped creciera.

¿Tessa había crecido allí? Cuando le había dicho que procedía de un entorno modesto, se había imaginado un barrio de las afueras normal y corriente, casas con jardín y perro.

Al bajarse del coche, vio una silueta que le sonaba. Se trataba de una mujer que estaba doblada por la cintura hacia delante en una postura de lo más sugerente.

Sebastian sintió que la alegría se apoderaba de él.

–Tessa.

La aludida se giró sorprendida. Tenía una brocha entre los dientes y se apresuró a quitársela. Había una lata de pintura roja sobre la acera. Tessa estaba pintando el buzón.

Tras mirarlo de arriba abajo, se giró y siguió pintando sin decir nada.

Sebastian se acercó a ella con el corazón latiéndole aceleradamente.

–Tessa, he venido a disculparle humildemente. Sé que tú no hablaste con la prensa. No tendría que haberte acusado. Lo siento desde lo más profundo de mi corazón.

Tessa no lo miró. A Sebastian le pareció que le temblaba la mano, pero siguió pintando el buzón.

–Fue Faris la que habló con el *Wall Street Journal* –le dijo–. Supongo que lo hizo para interponerse entre nosotros.

–Da igual quién hablara con la prensa –dijo Tessa mirando fijamente el buzón–. La verdad es que no me importa que creyeras que había sido yo. A la larga, dará igual porque le darás la vuelta a la empresa y conseguirás que vaya bien y todo arreglado –dijo en un tono de voz completamente neutro, sin vida.

Llevaba el pelo recogido en una cola de caballo de la que se le habían escapado unos cuantos mechones que hacían que Sebastian no pudiera verle la cara. Hacía fresco y se había puesto un jersey gris, pero Sebastian percibió la tensión en su cuello y en sus hombros.

¿Le daba miedo girarse y mirarlo?

Sebastian sintió un gran dolor, dio un paso al frente y la agarró de la mano en la que sostenía la brocha.

Menos mal que la había encontrado.

Tessa lo miró y Sebastian vio que tenía los ojos llenos de lágrimas. La expresión jovial de su rostro había desaparecido y sus ojos habían perdido su brillo.

–Lo siento muchísimo, de verdad –se disculpó con el corazón en un puño–. No puedo parar de pensar en ti. Me muero por estar contigo. Mi corazón te necesita cerca –añadió con voz trémula.

Tessa lo miró confusa y dos enormes lágrimas le corrieron por las mejillas. Sebastian tomó aire profundamente.

–Te quiero, Tessa. No puedo vivir sin ti –declaró.

Tessa parpadeó varias veces porque no veía bien entre las lágrimas y quería asegurarse de que estaba realmente despierta, porque no se podía creer lo que estaba ocurriendo.

Sebastian estaba a pocos milímetros de ella y la miraba intensamente.

Había dicho que la quería.

No, no podía ser. Debía de haber entendido mal. Tessa no podía articular palabra y su silencio animó a Sebastian, que la tomó de la mano y comenzó a besarle los nudillos. Tessa se dio cuenta avergonzada de que los tenía manchados de pintura roja.

–Cada día que he pasado sin ti me he dado cuenta de lo mucho que necesito tenerte a mi lado –continuó Sebastian mirándola a los ojos–. Sé que ya no estás con Patrick y… quería pedirte que vuelvas a casa conmigo. Quiero que estemos juntos para toda la vida.

Tessa sintió que se estremecía de pies a cabeza. ¿Se lo estaría diciendo en serio? En aquel momento, el claxon de un coche la sacó de sus pensamientos y Tessa se fijó en el minúsculo jardín delantero con su buzón maltrecho y en la calle en la que estaban, donde se alzaban a duras penas las casas más modestas de Stamford.

–Sebastian, mira de dónde vengo –le dijo haciendo un gesto con la mano que abarcaba todo lo que los rodeaba–. No soy una princesa ni una aristócrata. No tengo lo que tú necesitas en una… pareja.

No se había atrevido a decir esposa porque Sebastian no le había pedido que se casara con él.

–No me importa de dónde vienes. Yo soy de Caspia y me he enamorado de una estadounidense. Enamorarse es lo más natural del mundo y tú y yo estamos hechos para estar juntos –declaró Sebastian apretándole las manos.

En aquel momento, Tessa oyó que se abría la puerta del porche y, al girarse, vio que se trataba de su madre.

–¿Qué hacéis, cariño? –le preguntó la mujer.

–Mamá, te presento a Sebastian Stone, mi… jefe –contestó Tessa sonrojándose y retirando las manos–. Bueno, mi antiguo jefe.

Sebastian se acercó a la madre de Tessa, una mujer diminuta de pelo canoso que se había puesto un jersey para resguardarse del frío de septiembre.

–Señora Banks, encantado de conocerla –se presentó extendiendo la mano.

–¿Sebastian Stone... el príncipe?

–A su servicio, señora –contestó Sebastian inclinando la cabeza.

–Mi hija nos ha hablado mucho de usted –contestó la madre de Tessa sonriendo encantada–. Se lo ha pasado muy bien cuando ha estado en su país. Ya le he dicho que ha sido una locura por su parte dejar el trabajo.

Tessa tragó saliva.

–Yo creo que ha hecho muy bien en dejarlo –contestó Sebastian.

Tessa se quedó helada.

–Era un desperdicio tenerla contestando el teléfono cuando es capaz de hacer mucho más –le explicó tomando a la madre de Tessa de las manos–. Señora Banks, ¿ha pensado usted alguna vez en irse a vivir a un lugar de clima más cálido?

La madre de Tessa dudó, lo miró confusa y se giró hacia el interior de la casa.

–Harry, cariño, ven un momento.

Tessa se pasó la mano por el pelo, lo que no fue buena idea porque lo tenía recogido en una cola de caballo y la mano manchada de pintura roja. El corazón le latía a toda velocidad. ¿Qué se proponía Sebastian?

Su padre apareció en el porche con su andador, aparato que llevaba debido a la avanzada artritis que padecía. Tessa caminó hasta él para ayudarlo a bajar los escalones, pero Sebastian se le adelantó y le ofreció su brazo.

–Harry, te presento al jefe de Tessa, el príncipe –le dijo su mujer en voz baja.

–Encantado de conocerlo, joven.

Tessa sonrió. Su padre había hablado con voz tranquila y segura. Aquel hombre no se dejaba intimidar por nada, ni siquiera por la realeza. Sebastian y él se estrecharon la mano.

–Mi hija me ha dicho que su país es muy bonito.

–Caspia es uno de los lugares más bonitos de la Tierra –contestó Sebastian–. Creo que les gustaría.

–Seguro que sí –contestó el padre de Tessa mirándolo confuso–. Estábamos pensando en cómo hacer para irnos a Florida, porque los inviernos aquí cada vez se nos hacen más crudos.

–En Caspia el clima es cálido y seco y respetamos profundamente a la gente mayor porque la consideramos sabia.

Tessa lo miró con los ojos muy abiertos.

–Tenemos la esperanza de vida más alta del planeta, lo que demuestra que nos ocupamos apropiadamente de nuestros ancianos. Si quisieran venir a pasar su jubilación allí, se encontrarían con un clima muy saludable y una gente amistosa y encantadora.

–Suena muy bien –sonrió el padre de Tessa mirándola perplejo–. Bueno, será mejor que os dejemos solos para que podáis hablar de vuestras cosas –añadió mirando a su mujer y guiñándole un ojo.

Tessa tragó saliva y esperó a que sus padres se hubieran metido en casa para girarse hacia Sebastian.

–¿Qué te propones? –le preguntó con las manos en las caderas.

Sebastian se acercó a ella, la tomó de las manos de nuevo y la miró entusiasmado.

–Si tú te vienes a vivir a Caspia, tus padres también.

–¿Pero de qué estás hablando?

Sebastian la miró divertido.

–Te estoy haciendo una propuesta muy seria –declaró.

¿Una propuesta? ¿Qué propuesta? Tessa sintió que el corazón le latía desbocado. No podía hablar y daba igual, porque tampoco sabía qué decir.

Sebastian se quitó un anillo que llevaba en el dedo meñique.

Tessa tragó saliva.

Sebastian se arrodilló ante ella.

Tessa sintió que no le llegaba el aire a los pulmones.

Sebastian dejó caer la cabeza hacia delante unos segundos y, a continuación, la miró fijamente.

–Tessa, quiero pasar el resto de mi vida a tu lado. Te llevo esperando toda la vida. Sé con total certeza que eres la mujer que ha nacido para ser mi reina.

Tessa sintió que las piernas le temblaban. ¿Reina?

–Te prometo que seré un marido cariñoso y fiel y un padre devoto para nuestros hijos –afirmó.

¿Hijos? Tessa sintió que el corazón le daba un vuelco.

–Deseo que tengas la vida feliz que querías tener cuando pensaste en irte a vivir a otra ciudad, pero te propongo que la compartas conmigo y que sea en Caspia.

Tessa sintió que los ojos se le llenaban de lágrimas. No lo pudo evitar. Aquello era demasiado perfecto, demasiado maravilloso.

Sebastian carraspeó y la miró con tanta emoción que Tessa se quedó sin aliento.

–Tessa Banks, ¿quieres casarte conmigo?

A Tessa aquellas palabras le llegaron al alma, pero no fue capaz de articular palabra. Aquello no podía estar sucediendo de verdad, así que sacudió la cabeza para aclarar su mente.

Sebastian la tomó de la mano y Tessa creyó que le iba a poner el anillo, pero no lo hizo, se limitó a apretarle la mano suavemente y a acariciarle la palma con el pulgar. Luego, se puso en pie y la abrazó.

–Te quiero, Tessa. Te quiero tanto que, a lo mejor, me estoy precipitando. A lo mejor no estás preparada para darme el sí. Convertirse en reina es algo especial.

¿Convertirse en reina? Tessa se había olvidado por completo de aquella parte. No podía casarse con Sebastian porque, tarde o temprano, se daría cuenta del inmenso error que había cometido al elegirla.

–Yo nunca podré ser reina –declaró apesadumbrada–. Parezco de los tuyos porque fui a St. Peter's, pero siempre seré Tessa Banks de Stamford –añadió.

El sol se estaba poniendo y ahora que faltaba su luz la fealdad del entorno era más patente que nunca. Un grupo de niños que volvía del colegio pasó por la calle, les silbaron y se rieron.

–Ya sé que siempre serás Tessa Banks de Stamford –contestó Sebastian abrazándola con más fuerza–. Es una de las cosas que más me gustan de ti, que eres una mujer normal, corriente y pragmática que no espera que la vida se lo dé todo regalado. Eres cariñosa, divertida, valiente y guapa y te quiero tal y como eres –le aseguró acariciándole la mejilla–. Tendremos una vida maravillosa juntos.

Tessa sintió que los ojos se le volvían a llenar de lágrimas. Lo peor era que lo creía. Se imaginaba con facilidad una vida maravillosa al lado de Sebastian… noches de pasión, días en el precioso campo caspiano, hijos corriendo por los pasillos del palacio, desayunos en el comedor real…

Con el rey y la reina.

Aquello fue como un jarro de agua fría.

–Sebastian, estoy segura de que serías un marido y un padre fantástico, pero a mucha gente no le haría ninguna gracia que nos casáramos. A tu madre, por ejemplo.

Sebastian la besó suavemente en el cuello, haciendo que Tessa sintiera un gran calor por todo el cuerpo.

–No te preocupes por mi madre. Puede ser

un poco estirada y esnob a veces, pero es porque la educaron así. En realidad, es buena persona y tiene buen corazón. Aunque te parezca mentira, algún día seréis grandes amigas.

A Tessa le entraron ganas de reírse a carcajadas porque Sebastian hablaba del futuro con total seguridad, como si sus dudas fueran irrelevantes. ¿Cómo no iba a querer a un hombre tan seguro de sí mismo?

—Mi padre te adora —añadió Sebastian—. Cuento con su total aprobación.

—¿Has hablado con él de mí?

—No, yo no le dije nada, pero lo debió de notar y quiso que supiera que podía contar con él.

—Supongo que eso sería antes de que creyerais que había filtrado información —protestó Tessa.

—No, en realidad fue después —contestó Sebastian sonriendo—. Supongo que fue entonces cuando mi padre se dio cuenta de que lo que sentía por ti era realmente serio. Te aseguro que nunca creí que hubieras sido tú, pero, cuando llegué a tu casa y vi que estabas haciendo las maletas para irte con otro hombre… o eso creí yo… estabas nerviosa y evasiva… no sabía qué pensar, lo único que podía pensar era que te estaba perdiendo.

Tessa dejó escapar un sonido que era mitad risa y mitad sollozo.

—No podía soportar estar cerca de ti porque no quería que supieras que estoy profundamente enamorada de ti. Me sentía increíblemente humillada por estar enamorada de ti cuando creía que no era más que un ligue entre tantos.

Sebastian echó la cabeza hacia atrás y se rió.

–¡Tú también me quieres! ¡Lo sabía!

–Tú siempre tan seguro de ti mismo –sonrió Tessa.

–Y también te has enamorado de Caspia, ¿verdad?

–Por supuesto –contestó Tessa–. Es un lugar mágico y confieso que lo he echado tanto de menos como a ti.

–Tus padres serán felices allí.

–Gracias por tenerlos en cuenta –contestó Tessa sinceramente.

–Soy caspiano y para nosotros la familia es la base de nuestra cultura. Por eso, espero que quieras crear la próxima generación conmigo –le dijo mirándola a los ojos.

Menos mal que Sebastian la tenía abrazada porque, de lo contrario, Tessa se habría caído al suelo. Demasiados sueños se estaban haciendo realidad de golpe.

–Reconozco que ser reina no será siempre fácil porque tendrás muchas responsabilidades, pero tienes suficientes recursos como para hacerte cargo de las situaciones con gracia y facilidad –declaró Sebastian.

Tessa se mordió el labio inferior. Dicho así, como si fuera un trabajo, eso de ser reina sonaba incluso… factible. Siempre le había gustado trabajar, no le tenía miedo al trabajo.

–Tessa Banks, ¿te quieres casar conmigo? –repitió Sebastian con el anillo en la mano.

Tessa se quedó mirando el anillo. Se trataba

de un anillo de oro con unas hojas de parra entrecruzadas.

–Sí –contestó mirándolo a los ojos, aquellos ojos en los que había pasión, amor y promesas de felicidad–. Sí, me quiero casar contigo.

Sebastian le colocó el anillo en el dedo anular y Tessa sintió que la piel se le ponía de gallina. Aunque le quedaba grande, se le antojó perfecto.

Sebastian la tomó entre sus brazos y la besó con urgencia. Tessa sintió que el deseo y la esperanza se apoderaban de ella. Se apretó contra él, se apoyó en su fuerza y sintió que el miedo, el dolor y la tristeza que la habían acompañado desde que había abandonado Caspia se evaporaban totalmente.

Siempre había querido encontrar a un hombre bueno y cariñoso con el que formar una familia. ¿Quién le iba a decir que había estado trabajando con él durante casi cinco años? Conocía tan bien a Sebastian que le resultaba imposible no amarlo.

Había soñado muchas veces con acariciarlo, con besarlo y con abrazarlo, pero nunca se había atrevido a soñar que algún día compartiría la vida con él.

Sus sueños se estaban haciendo realidad con una fuerza explosiva que alumbraba un futuro más resplandeciente de lo que jamás se había atrevido a imaginar.

Cuando sus lenguas entraron en contacto, Tessa sintió que la emoción se apoderaba de ella y la hacía apretarse contra él.

–Oye, que yo tengo una reputación que mantener en este barrio –bromeó abriendo los ojos.

–¿No puedes besar a tu marido en la calle?

Tessa se quedó mirándolo fijamente.

–Supongo que, mirándolo así, no pasa nada.

Sebastian volvió a besarla y la abrazó con fuerza. Tessa sintió que un maravilloso calor se apoderaba de su cuerpo. Era como flotar en una nube de felicidad.

Seguía siendo Tessa Banks de Stamford, pero ahora era la mujer más feliz del mundo.

En el Deseo titulado
Secretos personales, de Barbara Dunlop,
podrás continuar la serie
ESCÁNDALOS EN MANHATTAN

Deseo™

Un hombre silencioso

Annette Broadrick

Jordan Crenshaw pensaba que su vida era perfecta. Como propietario de un próspero rancho en Texas y a punto de casarse, lo tenía todo en orden. De modo que, cuando la guapísima neoyorquina Janeen White tuvo que alojarse en su rancho durante unos días, se convenció de que la sorprendente atracción que sentía por ella no tendría consecuencia alguna.

Hasta que, de repente, su prometida rompió el compromiso y se encontró soltero otra vez. Ahora todas las apuestas estaban abiertas.

¡Cuidado con los hombres a caballo!

Acepte 2 de nuestras mejores novelas de amor GRATIS

¡Y reciba un regalo sorpresa!

Oferta especial de tiempo limitado

Rellene el cupón y envíelo a

Harlequin Reader Service®
3010 Walden Ave.
P.O. Box 1867
Buffalo, N.Y. 14240-1867

¡Sí! Por favor, envíenme 2 novelas de amor de Harlequin (1 Bianca® y 1 Deseo®) gratis, más el regalo sorpresa. Luego remítanme 4 novelas nuevas todos los meses, las cuales recibiré mucho antes de que aparezcan en librerías, y factúrenme al bajo precio de $3,24 cada una, más $0,25 por envío e impuesto de ventas, si corresponde*. Este es el precio total, y es un ahorro de casi el 20% sobre el precio de portada. !Una oferta excelente! Entiendo que el hecho de aceptar estos libros y el regalo no me obliga en forma alguna a la compra de libros adicionales. Y también que puedo devolver cualquier envío y cancelar en cualquier momento. Aún si decido no comprar ningún otro libro de Harlequin, los 2 libros gratis y el regalo sorpresa son míos para siempre.

416 LBN DU7N

Nombre y apellido	(Por favor, letra de molde)

Dirección	Apartamento No.

Ciudad	Estado	Zona postal

Esta oferta se limita a un pedido por hogar y no está disponible para los subscriptores actuales de Deseo® y Bianca®.
*Los términos y precios quedan sujetos a cambios sin aviso previo.
Impuestos de ventas aplican en N.Y.

SPN-03   ©2003 Harlequin Enterprises Limited

Bianca™

Estaba cautiva a merced de sus deseos

La grandiosa mansión Penvarnon House fue donde Rhianna Carlow, la despreciada sobrina del ama de llaves, pasó su adolescencia. Pero ahora no es la única persona que regresa como invitada para una boda, también lo hace Alonso Penvarnon, tan arrogante y cruel como siempre.

Él sólo tiene una misión: mantener lejos de la mansión a Rhianna. Por lo tanto, Alonso, descendiente de un pirata español, la rapta... y ella se encuentra cautiva en un lujoso yate a merced de sus deseos...

Cruel despertar

Sara Craven

Deseo™

La aventura más peligrosa

Maureen Child

Hunter Cabot, miembro de los cuerpos especiales de la Marina, tenía una misión muy peculiar: averiguar quién estaba durmiendo en su cama.

Aquel apuesto militar no tenía paciencia para juegos; Margie tenía que marcharse. Llevaba casi un año haciéndose pasar por su esposa y viviendo en su casa mientras él estaba en una misión en el extranjero. Ahora Hunter tendría que recurrir a todas sus habilidades para desenmascararla y lo haría de forma dulce, rápida y sexy.

¡Pero primero disfrutaría de su noche de bodas!

HARLEQUIN Deseo

La aventura más peligrosa

Maureen Child

¿Cómo era posible que estuviera casado sin saberlo?